品嘗好書　冠群可期

夜光人

江戸川亂步

品冠文化出版社

目錄

試膽會……六
在黑暗中發光的臉……一二
夜光怪人……一六
飄在空中的頭……二二
可怕的墓園……二八
魔法名片……三五
空中的頭……四三
升天的怪人……五〇
青少年機動隊大顯身手……五四
怪人的絕招……六〇

夜光人

深夜的訪客……六五
塑膠假面具……七一
密室裡的怪人……七六
幽靈怪人……八一
暗中埋伏……八二
名偵探的危難……八八
奇怪的住家……九五
兩位明智小五郎……九八
魔法種子……一〇四
警察隊……一〇八
大祕密……一一二
名偵探現身……一一八
升降梯……一二三

白鬍鬚老人……一二六
飛往星星世界……一三一
水中的怪光……一三七
古井底……一四四
陷阱……一五一
土塊瀑布……一六〇
巨人與怪人……一六七
鐵柵欄……一七二
網中……一七五
解說　石井直人……一八二

少年偵探⑲

夜光人

江戶川亂步

試膽會

名偵探明智小五郎的少年助手小林芳雄，是少年偵探團的團長，成員包括小學五、六年級到中學一、二年級的二十位少年。他們並非都住在附近，有些少年住得離學校很遠，因此，不可能所有的團員都隨時聚集在一起。有時候，與事件有關連的少年才會露臉。

所有的團員都是學生，上課時間他們無法進行偵探的工作，放學後也必須留在家中讀書。因此，除了星期日之外，團員們幾乎都沒有聚會的時間。

尤其利用半夜時出外冒險，大部分的父母都不允許，因此，小林團長無法在夜晚召集團員們。少數獲得父母允許的少年們，利用七、八點之前聚集在一起，但是不能徹夜不歸。

不過，事件大都發生於夜晚時，因此，有時候必須利用深夜來完成任務。在這種狀況下，少年偵探團成員無法派上用場，必須改由流浪青少年機動隊發揮作用，他們是由在「蟻町」（第二次世界大戰後，日本東京淺草附近由廢棄物回收業者建立的市區）打工的少年們組成的。即使進行夜晚的冒險，流浪少年們也可以勝任。

少年偵探團的團員們有空閒時，會聚集在明智偵探事務所內，向明智老師學習偵探應該了解的事情，例如觀察事物，或識破蛛絲馬跡的意義。明智先生也教導團員們推理法、顯微鏡使用法、化學實驗等偵探必須學會的法醫學（處理與法律有關事項的醫學。調查死因、死亡時間、血型、指紋等）智慧。

此外，為了鍛鍊身體，團員大都學習柔道。團員之一的井上一郎的父親是拳擊選手，因此，部分團員跟隨井上一起學習拳擊。

團員們有時會舉行「試膽會」。江戶和明治時代的少年們經常舉行

「試膽會」。利用漆黑的夜晚，獨自走入荒涼的墓地等以鍛鍊勇氣。

方法是，事先在墓地裡擺放多塊木牌，訓練少年們單獨前往目的地拿回木牌的膽識。

過去的少年相信真的有妖怪存在，因此，不敢單獨前往墓場。故意做這種可怕的事情，就是為了鍛鍊自己的膽量。

少年中有些孩子愛惡作劇，會故意在身上罩上白布，躲在墳墓後面突然跳出來嚇唬其他人。

因此，年紀較小的少年們參加試膽會時都非常害怕。不過，試膽會原本就是為了鍛鍊少年們的勇氣而舉行的。

少年偵探團的團員們，沒有人相信真的有妖怪。不過，深夜獨自走在漆黑的地方，還是會感覺害怕。為了使少年們不再害怕黑暗，小林少年決定模仿舉行以往的試膽會。

今天晚上就有這種集會。獲得父母允許的少年共有七名。地點是在世田谷區盡頭的木下家。

木下昌一也是團員之一，他們家的旁邊正好有一座大森林，非常適合舉行試膽會。從傍晚開始，眾人陸續聚集到木下家。等到外面變成一片漆黑時，一起進入森林中。

有關於這座森林，有一些可怕的傳聞，據說林中會出現鬼火。

有些地方將鬼火稱為火球。圓圓的火球好像蝌蚪一樣，帶著一條尾巴在空中飛翔。鬼火有紅色的，也有綠色的。

過去的人，認為這是死者的靈魂四處飄盪，因此感到很害怕。

但是，現在已經沒有人相信這一點了。大家都知道鬼火是磷燃燒而形成的光線，或是小蟲子聚集在一起發出的光芒，看起來就好像鬼火一樣。流星看起來也好像鬼火。

還有其他許多東西，都可能被誤以為是鬼火。

雖然大家都知道這些理論，不過聽說有鬼火，還是覺得毛毛的，很

不舒服。即使不相信鬼火的少年偵探團團員們，聽到這座森林的傳說後也覺得有點害怕。

小林少年故意挑選這個令人害怕的森林。想藉由各種傳說動搖少年們的心智，在此舉行試膽會以訓練少年的勇氣。七名少年來到森林入口處時，時間是晚上八點。因為附近沒有住家，因此，更顯得四周一片漆黑。天空中烏雲密布，看不到星星。森林中大樹林立，森林深處就好像黑絲絨一樣黑暗。

「大家都知道在這個森林的盡頭有一塊大石頭。白天時各位都看過了吧！石頭上有七片木牌。大家按照順序進入森林中，各自拿一片木牌回來。知道了嗎？」

小林吩咐六名少年。

「知道了！我先去。」

擅長拳擊的井上一郎率先說著。

「你真的很勇敢。好吧！那麼第一位就是井上。但是，你必須注意鬼火喔！」

小林少年故意嘲笑井上。

「鬼火？會在哪裡出現啊？木下。」

一名少年嚇了一跳趕緊詢問。

「鄰居蔬果店的叔叔曾經看過喔！在這座森林中有一棵大櫧樹，那棵樹下曾經出現藍色的鬼火。鬼火一直飄到櫧樹頂端，好像爬樹似的飛向空中。」

「到底有多大啊？」

「直徑三十公分吧！而且有一條好像蝌蚪般的長尾巴，邊飛邊飄動呢！」

「哇！好可怕！如果那個東西撲到這裡來可就糟了！」

「別嚇我！我現在就進去瞧一瞧。」

井上好像抱怨似的大叫著。接著說道：

「我走囉！」

說完之後，身影迅速消失在森林中。

在黑暗中發光的臉

井上一郎獨自走在如同黑絲絨般漆黑的道路上。四周大樹林立，因此，他必須摸索樹幹才能前進。

四周一片漆黑，什麼也看不到。此時沒有風，所以樹葉是靜止不動的。這裡距離街道非常遠，完全聽不到汽車的吵雜聲，因此一片寂靜。安靜得甚至讓人懷疑耳朵是不是聾了。

出發點距離擺木牌的大石頭處有一百公尺遠。井上才前進了三十公尺，因為到處都是盤根錯節的樹根，一不小心就會被絆倒，因此，無法快步前進。

突然間，他發現森林深處有白色發光的東西正在飄動。

「咦！月亮出來了嗎？」

不可能啊！茂密的森林中應該看不到月亮。那麼，那個發光的東西到底是什麼？

井上立刻想到鬼火。如果是鬼火就不必害怕了。他想要靠近仔細看個清楚，因此朝發光物走了過去。

但是，只走了五、六步，井上突然停下腳步。因為那並不是鬼火。聽說鬼火好像蝌蚪一樣有尾巴。然而在對面發光的圓形東西並沒有尾巴。它飄浮在空中，並且慢慢的朝這裡接近。

井上嚇得拔腿就逃。

那個白色發光的圓形東西，竟然有兩顆好像燃燒著熊熊火焰的紅色眼睛。大而圓的眼睛好像火一樣，閃耀著紅色光芒。

還有嘴巴！啊！妖怪張開嘴巴了。張開的血盆大口甚至到達耳朵。嘴巴好像隨時都會噴出火焰似的。

紅色的眼睛長在銀色的頭顱上，那顆飄浮的頭，突然發出吱吱吱吱……的聲音，突然撲到井上面前。

「哇——」

向來大膽的井上，嚇得放聲大叫，一股腦兒的往森林外跑去。即使拳擊再厲害，恐怕也難敵妖怪。

在森林入口處等待的小林等六名少年，聽到「哇——」的叫聲，不知道發生了什麼事，正想進入森林中一探究竟時，井上已經飛快的衝了出來。

當時一片漆黑，因此不知道來人是誰。六名少年看到有人衝了過來，嚇了一跳趕緊避開。

「是井上啊！怎麼回事？」

小林詢問時，井上氣喘吁吁的說道：

「妖、妖怪、妖怪撲過來了！」

少年們不是不相信妖怪嗎？

「妖怪？怎麼可能有這種東西。你是不是看錯了！」

野田少年懷疑的問道，他是一位擅長柔道的強壯少年。

「我怎麼可能看錯！我才不會那麼懦弱呢。我的確看到一個只有頭的妖怪向我撲了過來。鮮紅的眼睛好像燃燒著火焰，而且嘴巴看起來好像會噴火似的。還有，整個臉都是銀色的。……那並不是鬼火。否則怎麼會有眼睛和嘴巴呢？」

井上激動的說著。

「那麼，大家趕緊去確認一下吧！」

小林下定決心的說著。

「喂！走吧、走吧。」

眾人異口同聲的表示贊成。少年們都非常勇敢，沒有人聽到妖怪而想要逃走。

「那麼，跟我來！」

小林說著挺身向前，進入黑暗的森林中。

夜光怪人

小林走在前頭，七名少年跟著走入森林中。林中一片漆黑，走了三十公尺後，眾人並沒有發現什麼，更別說會發光的可疑東西。

「井上！沒有東西呀！你是不是在做夢啊？」

野田輕聲說著。

「真奇怪！剛才的確就在這裡飄盪啊！」

井上輕聲的回答，眼睛咕嚕嚕的轉動，朝黑暗中找尋。

就在這時，聽到奇怪的聲音。好像是摩擦東西的輕微聲響，再豎耳仔細傾聽，發現好像是有人在黑暗中竊笑。

難道七名少年中有人在偷笑嗎？

「是誰在笑？」

小林壓低聲音詢問，周圍並沒有人回答。林中仍然一片漆黑，因此看不到同伴的臉。不過，聽起來不像是少年們在笑。

緊接著，竊笑聲竟然漸漸地變成大笑聲。似乎覺得很可笑似的，開始放聲大笑。

最後變成爆笑。

「哇哈哈哈哈……哇哈哈哈哈……」

如同惡魔的笑聲響徹森林。

少年們呆立在原地，真想抱住同伴的身體。聽到漆黑中傳來的可怕笑聲，大家都非常害怕。

「啊！來了！」

井上壓低聲音說著。眾人嚇了一跳，看著四周。

就在對面森林的樹木間，一顆銀色的怪頭正在那裡飄盪著。

少年們嚇得身體僵硬，一直盯著那顆發光的頭看。

怪頭直線地飄啊飄的，慢慢的朝這裡靠了過來。

正如井上所說的。銀色的臉，一對圓形、燃燒著火焰般的血紅眼睛，以及紅色的血盆大口，真的是一張非常可怕的臉。

「大家不要逃！這絕對不是妖怪。一定是有人為了嚇唬我們而惡作劇。大家趕緊抓住那個傢伙！」

小林輕聲說著。

「嗯，抓住他！」

野田勇敢的附和著。

說著，少年們手牽手，一起朝怪物的臉前進。

在空中飄浮的頭，似乎察覺到了這一點，因此慢慢的倒退，逐漸向遠方飄去。

知道怪頭想要逃走時，少年們勇氣上湧，信心倍增。

眾人加快腳步，拼命追逐圓形的頭。

就在漆黑的森林中，少年們穿梭在高大的林木間前進。

不過，銀色頭顱好像在嘲笑少年們似的，一邊飄盪一邊退往森林深處，後來停留在空中。鮮紅色的眼睛一直瞪著這邊。少年們停下腳步，屏氣凝神的瞪著它。

大約二十秒後，少年們突然被發光的物體嚇得無法動彈。

啊！前方出現一位全身發出銀光的人。可怕的頭顱下面連著軀幹。怪物的軀幹竟然發出銀色的光芒。

怪物全身好像覆蓋著一道光圈，岔開雙腳站在前方。

夜光怪人！的確是夜光人。身體為什麼會發光呢？怎麼可能有如此可怕的圓形紅眼睛和會噴火的嘴。這種可怕的怪物，怎麼可能出現在地球上？

少年們看到這幅不可思議的景象，嚇得呆立在原地，感覺好像在做惡夢似的。

「哇哈哈哈哈哈……哇哈哈哈哈哈……」

銀色怪物張開鮮紅的嘴，大聲的笑著。笑聲響徹整座森林。

邊笑的同時，怪人發光的身體突然離開地面飄向空中，並且不斷的往上升高。夜光怪人難道懂得飛行術？

在如同黑絲絨般的黑暗中，閃耀銀色光芒的人不斷的升上天空，的確是非常美麗的景象。那是一種讓人覺得既可怕又美麗的光景。

少年們屏氣凝神的看著這一切。

飄在空中的頭

就在世田谷區木下昌一家附近的森林中，出現全身散發銀光的怪物之後，接下來的兩、三天，並沒有發生什麼怪異事件。

當怪物咯咯大笑著飄向樹梢，突然消失在黑暗的空中時，少年團員們非常害怕，驚魂未定的逃回家中，紛紛向家長說明事情的經過。

「怎麼可能會有這種事情！一定是磷火。你看錯了吧！」

大人們並沒有理會這群少年的話。

這也是無可厚非的事。因為世界上怎麼可能有全身閃耀銀色光芒、眼睛燃燒熊熊火焰、口中好像會噴火的怪人呢？

少年們並沒有做夢。那個可怕的傢伙真的是一個怪物。兩、三天後的晚上，千代田這個住宅區裡再度出現同樣的銀色傢伙。

時間是晚上十一點之後。

負責巡視的火災警戒員（為了預防火災而四處巡視的人員）一邊說「小心火燭。鏘鏘……」一邊敲著響板（長方形小木條，兩片碰在一起會發出響聲），獨自走在住宅區的巷道裡。

火災警戒員的腰上掛著燈籠，裡面點著小蠟燭，燭光好像隨時都會熄滅似的。

漆黑巷道的兩側都有圍牆。常夜燈（整晚點亮的燈）裡的燈泡全部破裂了，因此，四周一片漆黑。

巷道的一邊是長長的水泥牆，另外一邊則是漆黑的板牆，看起來更為黑暗。

通過黑板牆時，警戒員突然覺得牆壁上好像有東西在晃動。

巡視的老爺爺覺得很奇怪，因此停下了腳步。

「怎麼回事啊？是風吹動圍牆上的小門嗎？沒有把門關好，真是太

不小心了。應該小心門戶才對呀！」

老爺爺想著，邊用手摸索邊走近漆黑的牆壁。燈籠的光線實在太暗了，根本看不清楚。

結果竟然摸到一個可怕、柔軟的東西。老爺爺嚇了一跳，趕緊後退。正想舉起腰間的燈籠仔細看個清楚時，沒想到燈籠突然掉落地面，燭火立刻熄滅。

原來有一個全身漆黑的傢伙站在那裡，出其不意的擊落燈籠。之前摸到的柔軟的東西，也許就是那個傢伙的身體。

「誰呀？是誰在那裡？是誰？」

老爺爺強忍著恐懼大聲叫著。

對方沈默不語。穿著黑色衣服的傢伙站在一片漆黑的牆前。

這個傢伙將整個身體貼在牆上，好像蜘蛛一樣的趴在那裡。可能已經逃走了，也可能還待在原先的位置。到底是人還是妖怪，真的是令人

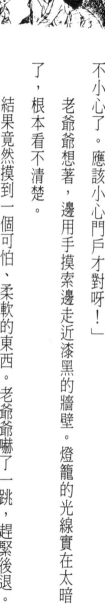

非常害怕。

突然間，前方黑暗處傳來咯、咯、咯令人不寒而慄的笑聲。朝聲音的方向一看，與巡邏爺爺的臉同樣高度的黑板牆上，出現一張發出青白光的臉。臉上有一對為普通人三倍的圓形大眼，眼裡好像燃燒著火焰。長著紅色眼睛的銀色臉孔，飄浮在空中。

「咯、咯、咯……」

這張臉張開嘴笑著。啊！那個嘴巴！嘴巴也是鮮紅色的！好像燃燒著火焰一般。

巡邏爺爺嚇得「哇！」放聲大叫，跌坐在地上。

可能怪物是被叫聲嚇到，銀色的臉立刻消失了蹤影。

老爺爺勉強站起身來，一刻也不想待在這麼可怕的地方，趕緊拔腿就跑。

跑了不到兩公尺遠，又聽到咯、咯、咯的笑聲。朝笑聲傳來的方向

一看，就在對面的黑板牆上，再度出現長有紅色巨眼的銀色怪臉。

老爺爺好像被釘子釘住似的無法動彈。心想，如果逃走，那個妖怪可能會從背後撲過來抓住自己。

銀色妖怪開始朝黑板牆頂端爬了上去，爬到頂端旁的板子上。怪物的紅色巨眼正瞪著這裡，同時張開鮮紅的大嘴，發出咯、咯的笑聲。

「哇——」

老爺爺立刻逃跑。現在已經管不了那個紅眼怪頭是否會從身後撲過來了。只能使盡全力拼命逃離此地。

終於跑過了黑板牆，來到比較明亮的地方。在轉角處似乎有常夜燈。巡邏爺爺趕緊轉個彎，對面有微暗的燈泡。透過亮光，看到有人正朝這裡走了過來。

「啊！是警察。」

一名穿著制服的警察，正在夜晚的街道巡邏。老爺爺高興的朝他那裡跑了過去。

「糟糕了！發出銀光的頭在那個黑板牆上……」

老爺爺衝了過去，上氣不接下氣的說著，同時用手指著轉角的對面。

「什麼？銀色的頭？」

警察用奇怪而低沈的聲音問道。

老爺爺抬頭一看，眼前是一位很奇怪的警察。警帽下方的臉上，竟然罩著一塊黑布，根本看不到對方的臉。

老爺爺覺得很奇怪，一直盯著這塊黑布看。

「嗯！銀色的頭。而且還有紅色發光的眼睛，嘴巴好像會噴火似的。正在板牆上爬行，是一個只有頭的妖怪！」

「嘿、嘿、嘿、嘿、嘿……」

警察發出怪異的笑聲。

「嘿、嘿、嘿、嘿……，那個傢伙的臉是不是長這個樣子啊？」

說著，摘下帽子讓老爺爺看他的臉。

「哇——」

老爺爺大叫一聲，跌坐在地上。

原來這名警察的臉是銀色的。兩顆紅色的眼睛正瞪著這裡。好像會噴火的嘴張得很大，發出邪惡的咯、咯、咯笑聲。

老爺爺終於被嚇昏了過去。

不知過了多久，老爺爺總算清醒過來了。他看看四周，並沒有發現警察或銀色的臉。

可怕的墓園

兩天後的深夜，港區白金町妙慶寺的墓園裡又出現了銀色妖怪。

時間同樣是晚上十一點。妙慶寺裡的一名和尚上廁所時，不經意的朝窗外的墓園望去，結果竟然看到了一團白色的東西正在墓園裡移動。他擔心可能是小偷，因此叫醒寺院裡的男僕，吩咐他去巡視墓園。

男僕拿著手電筒走進墓園。

墓園裡蜿蜒的羊腸小徑間，各種大小、形狀不一的墓碑林立。男僕四處巡視。

來到墓園的中央時，黑暗中好像有人撲了過來，突然奪走了他手上的手電筒。

手電筒被關掉之後，四周變成一片漆黑，必須用手摸索才能前進。

偷襲者到底是誰呢？

男僕擺好了架勢，眼睛巡視著四周，深怕有人突然攻擊他。然而接著卻發生了奇怪的事情。

對面的墓碑上，突然出現一團銀色的東西。

是一張銀色的臉。

那個傢伙長著一對閃耀紅色光芒的大眼睛，一直瞪著這裡看。

嘴巴張得大大的。

啊！那張鮮紅的嘴好像燃燒著火焰。

咯、咯、咯……男僕聽到一種讓人覺得心驚肉跳的笑聲。

墓碑上掛著一顆銀色的頭。只有頭的怪物，張開血盆大口在那裡嘲笑著。

怎麼可能會有這種怪事！

男僕嚇得不敢動彈。

突然間，墓碑上的頭咻的一聲不見了。

「咦！難道我是在做夢嗎？」

男僕想著，突然間，看到距離兩公尺遠的另一個墓碑上，同樣出現一顆銀色的頭。

怪頭依然張開紅色的嘴，咯、咯笑著。

不久之後，又消失了。

原以為這次真的消失了，沒想到立刻又出現在另一個方向的墓碑上。紅色的嘴巴依然一開一閉的。

怪頭忽而消失、忽而出現，並且在墓碑上跳來跳去，在墓園裡到處晃動。

男僕東張西望，追蹤怪頭，看得頭都昏了。最後感覺墓碑上好像有幾十顆銀色的頭，全都咯、咯、咯狂笑的瞪著自己。

突然間，有人從背後抓住男僕的手臂。

男僕嚇了一跳，回頭一看時，看到背後站著一位穿著白色衣服的人。

「啊！是常念啊！」

「嗯！是我。」

原來是寺廟住持的弟子常念。他好像剛剛起床，身上穿著白色棉質的睡衣上綁著細長的帶子。

「是誰在惡作劇啊？穿著黑色衣服，只看到一顆頭。別怕，我們一起去抓他。」

年輕的和尚勇敢的說著。聽到對方這麼說，男僕的膽子頓時也大了起來。

「嗯！我練過柔道喔！絕對不會輸給任何妖怪的。」

「好，現在我們就去抓他。你從那邊，我從這邊過去包抄。」

「嗯！知道了。走吧！」

兩人商量之後，從墓碑的兩側一起撲向掛著銀色頭顱的墓碑。

「咯、咯、咯、咯……」

怪物又毫無忌憚的笑了起來。似乎不怕前來抓他的人。

兩人從兩側撲了過去，接下來是一陣可怕的扭打。

原來怪物有身體。他穿著黑色緊身衣服、手戴著黑手套、腳上穿著黑色襪子。怪物無法抵擋兩人的力量，終於被壓倒在地。

三個身體扭打成一團，在墓碑間滾動著。
突然聽到嘶的一聲，怪物黑色緊身衣的胸口部分被撕破了。
突然間，緊身衣裡露出銀色的身體。哇！怪物竟然連身體都散發出銀色的光芒。
兩人察覺到這一點時，不禁嚇了一跳，不由自主的鬆開了手。
怪物趁著這個空檔，用力推開兩人，站了起來，快速朝對面跑去。
接下來發生的情形，就和少年偵探團團員進行試膽會當晚看到的情形一樣。
墓碑的後方有樹林。其中有一棵高十公尺的大杉木。穿著裂開的黑色緊身衣，全身銀色的人佇立在樹下，鮮紅的眼睛回頭看了一眼，好像會噴火的血盆大口發出咯、咯、咯……的笑聲。
看到全身閃耀銀色光芒的夜光人，那可怕的模樣，兩人沒有勇氣再追趕過去。

這個銀色的傢伙到底是誰？是人、是動物，還是從遠處星球來的外星人？

緊接著又發生了奇怪的事情。那個銀色傢伙突然飛向空中。並不是攀爬杉木的樹幹而上，而是一下子就跳到樹梢上。

這不是常人可以辦到的。他真的可能是來自其他星球的怪物。

銀色怪物突然跳到杉木頂端。啪的一聲消失了身影。

兩人呆在原地等待，但是怪物一直沒有再出現。兩人來到住持的房間，詳細告知事情的始末，並且立刻打一一〇電話通知警察。

不到五分鐘的時間，一部白色巡邏車趕到此處。警察利用車內配備的小型探照燈（夜間照明用特殊裝置），仔細的在墓地與杉木間搜尋，但是，並沒有發現怪物的蹤影。

怪物爬上杉木之後，就從頂端消失到黑暗的空中了嗎？難道他已經回到外星世界去了嗎？

夜光怪人連續在東京現身三次。第三次甚至還驚動了警察。新聞媒體當然不可能保持沈默。東京以及其他各地的報紙，紛紛報導有關這個夜光怪人的消息。

早已習慣血腥犯罪報導的讀者，對於銀色怪人的出現也感到非常震驚。東京人心惶惶，擔心半夜時，那個可怕的銀色傢伙會出現在自己住家的四周。

當時的人對於人造衛星與飛碟都不太明瞭。認為銀色怪物可能是來自其他星球的使者，因此各種傳聞紛紛出籠。

魔法名片

各大報紙以及一些地方報，都爭相報導這個可怕怪物的消息。國內傳遍夜光人與夜光怪人的傳聞。

臉部與身體都散發出銀色光芒，眼睛為普通人的三倍，好像燃燒著火焰，嘴巴也不例外。這個怪物好像隨時都會噴火似的。

只有頭顱在空中飄浮、有時會露出銀色身體的怪人，在東京各地出沒，這個消息震驚了所有的國人。

每當有人要逮捕怪物時，他就會跳到高高的樹上，最後消失在空中。難道他真的是來自遙遠外星世界的外星人嗎？

當全國民眾議論紛紛時，在明智偵探事務所的客廳裡，少女助手小植和小林少年也正在討論怪人的事情。明智偵探前往新潟處理事情，只剩下兩名助手留守。

晚上七點鐘時，桌上的電話突然響起。小林拿起聽筒靠在耳邊。

「是明智偵探事務所嗎？請問明智先生在嗎？」

話筒中傳來一名陌生男子的聲音。

「老師去旅行了，您是哪一位？」

「我是世田谷區的杉本。夜光人今天晚上要到我們家來了。我想拜託明智先生前來一趟。」

「咦！夜光人？」

小林聽後不免驚訝的回問。在一旁的小植，聽到之後也嚇了一跳，來到電話旁。

「是的！警察也來了。我想請明智先生前來一趟。我從朋友花崎檢察官那裡得知先生的事情。現在發生這麼離奇的事件，我想只能請明智先生幫忙了。」

「真的很遺憾，老師大約還要兩、三天才會回來。我可不可以代替老師前去打擾呢？」

「您是哪位啊？聽起來好像是孩子的聲音。」

杉本疑惑的詢問。

「我是明智老師的少年助手小林。」

「哦！原來你就是著名的小林少年。嗯！花崎檢察官也提過你的功績。你的確是個名偵探。那麼，就麻煩你來一趟吧！在明智先生回來之前，你一定要保護我的寶物喔！」

「咦！寶物？」

「我的寶物啊！夜光怪人想要奪走我的寶物。請你立刻過來一趟！」

杉本趕緊告訴小林往他家的路線走法，隨即匆匆掛上了電話。

小林少年看著站在身旁的小植說道：

「我現在就過去！」

「好，搭汽車去吧！我來看家，你要小心點！」

小植把手搭在小林的肩膀上，好像鼓勵他似的說著。

八點左右，小林到達世田谷區的杉本家。

那是一棟非常豪華的住宅，入口處有水泥牆、石門與藤蔓雕花的鐵門，進門之後，映入眼簾的是美麗的花草叢，再往前走，就可以看到一棟聳立的兩層樓洋房。

杉本先生擔任好幾家公司的董事，是一位年紀四十歲左右的年輕富翁，算是一位精明幹練的企業家。

按了玄關上的門鈴之後，應門者請小林進入客廳。

「啊！你終於來了！請坐。」

杉本穿著一套剪裁合身的西裝。坐定之後，從口袋裡掏出一本大筆記本，從筆記本裡拿出一張好像名片似的紙。說道：

「就是今天下午，一名年約三十歲的男子拿著這張名片前來。他穿著黑西裝，什麼也沒說，表情非常怪異。

那名男子整張臉好像塗了黃粉一樣，臉色怪異，看起來令人覺得很不舒服。進入房間之後，他依然戴著白色皮手套。

我從來沒有見過這名男子，名片上印著『北森七郎』。通常我不會讓陌生人進入家中。不過，我的一位朋友打電話來說要我見見他。因此

只好讓他進來。

這位名叫北森的男子，斷斷續續的說了一些無聊的事情。我請他直接說明來意，結果他說『今晚十點。不要忘記喔！』說完之後，就笑著離去了。

我不知道他到底在說些什麼，滿腹疑惑的打電話詢問介紹北森前來的朋友。沒想到朋友竟然說『我不記得我見過這樣的人啊！況且我也沒有打電話給你』。

事情發展到此，我更加懷疑了，因此，想要根據名片上的住址進行調查。再次拿出名片時，發生奇怪的事情。原本印在名片上的字竟然完全消失了，只剩下一張白紙。

之前我看過名片之後，就直接塞入右邊的口袋裡，絕對不會弄錯。聽說有一種經過一段時間之後就會自動消失文字的魔術墨水。我想，這張名片應該就是利用那種墨水來印刷的。

接著，我從各個角度檢查這張名片。正在觀察時，又發生了另一件奇怪的事情。

名片的外觀和一般的紙張相比，顏色稍黃，上頭好像浮著模糊的花紋，不過看不清楚。一定要像這樣，從側面才看得到。看起來是非常模糊的圖案。你看……」

杉本說著，靠近小林，把名片拿平讓他看。依照主人指示的方式來看，的確可以看到名片上出現一些模糊的東西。

「到了晚上，來到暗處看這張名片時，我才真是嚇了一大跳。名片竟然閃耀著銀色的光芒。原來模糊發黃的東西就是夜光塗料。在黑暗的地方觀看時，竟然可以清楚的看到銀色的字。請到暗處來看。」

杉本說著，把名片拿到桌子下方的暗處讓小林看。

小林把頭探到桌下看名片，發現名片表面真的出現銀色的字。上面寫著可怕的內容。

今晚十點會前來取走你的寶物。一定要小心喔！無論怎麼防備，我一定會偷走它的。

夜光人

「啊！那麼前來拜訪的就是夜光人囉！」

小林想到此處，不禁高聲叫著。

「但是，白天那位名叫北森的男子，看起來只是個普通人。他的臉並沒有發光啊……」

「白天在亮處也許不會發光。這張名片不就是如此嗎？之前那名男子的臉色不也是發黃的嗎？這張名片在白天看起來也是發黃的。」

「啊！對了。那個傢伙的臉在暗處可能也會發光。聽你這麼說，我想他應該就是夜光人了，那真的是讓人感覺很不舒服的臉色。」

杉本說著，用一種不太愉快的眼神看著小林，好像小林就是夜光人似的。

空中的頭

「那麼，寶物在哪裡呢？」

小林接著詢問。

「在我的書房裡。我並沒有把它放在金庫裡。不過聽你這麼說，我感到很擔心。還是過去看看吧！請一起過來。」

杉本說著，趕緊站起身來。

與客廳相鄰的房間是豪華的書房。其中一面牆做成書架，上頭擺滿著國內外各類書籍。擔任董事的杉本不必每天上班，因此，有空閒時間可以看書。如果不是很愛看書的人，根本不可能會買這麼多書。

書架對面的牆壁上陳列著幾個玻璃櫃。裡面擺有許多美術品。

杉本走到其中的一個玻璃櫃前，打開玻璃門，取出一尊高十五公分

的黑色金屬佛像，恭敬的擺在房間正中央的桌上。

「這就是我的寶物，叫做推古佛。這是距今一千四、五百年前時用銅打造而成的觀音。你看，這裡還有一些金子呢！打造時表面鍍金，因此閃耀光芒。經過一千數百年以後，佛像原本鍍金的部分已經脫落了。這尊小推古佛的造型精巧，完全沒有受損，是貴重的美術品。價值幾千萬圓。夜光人一定是想要這個推古佛。」

小林很感動的看著這尊小佛像，突然想到什麼似的，看看手錶。

「啊！已經九點了，距離十點只剩下一個小時。寶物擺在這個地方真的沒問題嗎？」

他擔心的詢問。

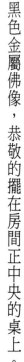

「我不知道有沒有問題。但是，已經盡量防備了。請你從這裡往庭院看去。」

杉本說著站了起來，走到窗邊，拉開窗簾，打開窗鉤，將玻璃窗往上推起之後，對小林招招手。

小林走近主人的身邊，探出頭去看著一片漆黑的庭院。

窗下是一個非常廣大的庭院。大樹林立的庭院裡，到處都裝有日光燈。不過，即使有日光燈照明，也無法照亮整個庭院，因此，還是有許多漆黑的場所。

看了一會兒，發現黑暗的樹叢中有黑色的東西正在移動。仔細一看，發現是一位穿著西裝的男子。

「那是警政署的刑警。總共來了四位。他們負責監視庭院和家中的走廊等。書房四周更設有嚴密的監視，如果有可疑的傢伙接近，他們絕對不會錯過的。」

杉本說著，關下玻璃窗，緊緊的扣上窗鉤。

「這個窗子的厚玻璃外裝著鐵絲網，宵小絕不可能破窗而入。四個窗子上全都安裝了窗鉤。入口的門也從內部上鎖，因此，這個房間就好

像金庫一樣。而且還有你和我兩人看守著佛像。已經做了如此萬全的防備，就算對方是怪物，應該也沒有問題吧！」

杉本說著苦笑了起來。

兩人分別坐在擺放佛像的桌子兩側，眼睛緊盯著佛像。深怕目光稍微移開，佛像就會突然消失，片刻都不能掉以輕心。

在忐忑不安中，已經九點半了。九點四十分、九點五十分、五十五分、五十六分……，預告的時間就快要到了。

杉本和小林兩人的臉色蒼白，不停的眨眼，同時呼吸急促。小林手上戴的手錶指針指著九點五十九分。還剩下一分鐘，小林的額頭開始冒出汗水。

五秒、十秒。兩人可以聽到手錶的秒針跳動的聲音。

突然間，聽到窗外傳來微微的聲響。小林不禁往聲音傳來的方向看去。剎那間臉色一陣蒼白，瞪得大大的眼睛好像快要迸出來似的，整個人有如被釘在椅子上一般，全身僵硬的直瞪著窗子看。

杉本也不例外，就好像看到妖怪一樣，眼睛直盯著窗子。

到底窗外有什麼可怕的東西呢？

從拉開的窗簾中間，看到玻璃窗外有白色的東西正在飄盪。

一團閃爍著銀色光芒的圓形東西，緊貼在玻璃窗上。啊！是一張人的臉。

巨大的兩顆眼睛一直瞪著這邊的書房。鮮紅色的大眼以及張開的大嘴，好像燃燒著火焰，隨時都會噴火似的。而藉著這個熱，感覺玻璃窗就快要被熔化似的。

小林緊握著拳頭站了起來。刑警們到底在做什麼？一定要大聲叫他們才行。小林朝窗邊撲了過去。

在距離窗子一公尺遠的地方，夜光頭突然啪的一聲消失了。小林撲到窗邊，打算打開窗戶。

「啊！在這裡！」

身後傳來杉本的叫聲。

回頭一看，發現杉本正指著相反側的窗子。從那個窗簾的縫隙看過去，玻璃窗只有二十公分寬，正好可以看到夜光頭在外面飄動。

小林二話不說的往那裡衝了過去。但是，跑到那裡時，夜光頭又再度消失了蹤影。

銀色紅眼的怪物陸續出現在四扇窗戶外。時而消失，時而出現。怪物的動作非常快速，令人目不暇給，不禁懷疑是否有四顆夜光頭。

杉本和小林在書房裡不停的打轉。就在不斷的東奔西跑時，杉本好像突然發現什麼似的，發出可怕的叫聲。

「哎呀！不見了！佛像不見了！小林，佛像被偷走了！」

小林驚訝的往桌上一看，啊！寶物真的不見了。佛像已經消失得無影無蹤。

杉本撲向門邊轉動門把，門還是上鎖。他趕緊檢查四面窗子，發現所有窗鉤都還是牢牢扣上。

這間書房就好像金庫一樣緊緊的鎖著。但是，佛像卻消失了。夜光怪人到底是使用什麼魔法呢？

杉本和小林少年在桌子和椅子下方尋找，搜遍房間的各個角落，但是都沒有找到佛像。

兩人突然感到非常害怕。因為他們覺得夜光人是妖怪，假裝從窗外偷窺，事實上已經進入房間裡。怪物可能就像幽靈一樣，咻的一聲從門縫鑽進書房，偷走了佛像吧！

這時，窗外的庭院傳來喧鬧聲。原來兩名刑警正在追逐一顆飄浮在空中的頭。

夜光頭的口中噴著火焰，穿過樹叢之後飛向空中。

兩名刑警大聲叫著，拼命的追趕。

升天的怪人

對方好像是魔術師般的怪物，同時又像是幽靈一樣，能夠從窗戶縫隙鑽入房間，而且又好像透明人一樣的消失了蹤影。偷走佛像之後，像煙一樣的離開了房間。

不過，佛像雖小，也有十五公分高、六公分寬，不可能通過窗戶縫隙啊！難道怪物會對銅佛像施法術，讓佛像變成像煙的東西，一起從窗戶縫隙鑽出去嗎？

這時，夜光頭在空中飄盪之後，逃到庭院的樹叢中。兩名刑警緊跟在後追趕。

刑警一邊追逐，一邊嗶嗶嗶……吹著哨子（叫喚他人前來協助的道具）。聽到信號的另外兩名刑警，趕緊從躲藏的樹叢中奔向庭院。杉本

夜光人

和小林少年也跟著跑向庭院中。

在一片漆黑的樹叢中，有一團發光的物體在空中飄浮。大家朝那個方向跑去，跟著先前的兩名刑警一起去追捕怪物。

敵人只有一位，而這邊有六個人。不過對方是身份不明的怪物。真的有辦法抓住他嗎？

夜光頭在林立的樹叢中，穿梭逃亡。

追趕在後的六個人，有時候聚在一起，有時候兵分多路包夾，想盡辦法要抓住夜光頭。可惜都無法抓到對方。

好像鬼火般的怪物頭，突然跳到庭院中最高大的檜木旁邊，接著跳到檜木葉上，不斷的往上升高。

六個追趕的人停下了腳步，他們站在檜木樹下，抬頭看著不斷往上升高的頭。

這時，突然聽到空中傳來咯、咯、咯、咯……的聲音，那是妖怪的笑聲。那個只有頭的怪物笑了起來。

那顆如同磷火般發光的頭，是臉上有著大紅眼和會噴火的嘴巴的怪物。他已經爬到五公尺高處，從上俯瞰下方，嘲笑地面上的人。

接著，又發生可怕的事情。怪物的頭就好像突然從高處掉落下來似的，有一團發光的東西往下衝了過來。

怪頭的下方露出胸部、肚子、腰與兩條腿，變成一個人的身體，全身散發出光芒。在距離地面五公尺的檜木葉上飄盪著。

發出銀色光芒的人，好像高掛在空中似的。紅眼睛和嘴巴一開一閉的低頭看著這邊，不斷咯咯的笑著。

這真是一幅讓人感覺害怕的光景。

銀色怪物終於開始移動手腳，然後突然轉身往前傾，打算做出奇怪的動作。怪物竟然抓著檜木葉表面開始往上爬行。

爬到檜木頂端時，怪物的身體搖晃了一會兒，地面上的人又聽到咯

咯咯的笑聲。令人訝異的是，怪物的身體竟然逐漸消失。變成只剩下長有紅色眼睛的頭顱，最後甚至連頭部都消失了。

夜光人看起來好像是從檜木頂端升上黑暗的空中。就如同當時在墓地看到的情況一樣。怪物竟然升天了。

青少年機動隊大顯身手

杉本和四名刑警，就這樣的站在一片漆黑的庭院中，眼睜睜地看著怪物消失。怪物消失之後，眾人無計可施，只好進入屋內。立即通知警政署人員，並商量對策。

咦！這時小林少年到哪裡去了呢？只有五名大人回到屋裡，並沒有看到小林。

小林不知道什麼時候已經離開大人們的身邊，溜出門外去了。那是在夜光人從檜木頂端消失之前的事情。

小林溜到門外朝四周張望，好像在尋找什麼似的。

突然間道路對面的黑暗中，出現一個小小的身影朝這裡跑了過來。藉著門上昏暗的燈光一看，是一位比小林更矮小的少年。

少年整張臉黑黑的，身穿破爛、骯髒的衣服。但是，那張黑臉的眼睛，卻炯炯有神。

少年跑到小林的身旁，附在小林的耳邊說了一些話。

小林並不害怕這名少年，反而表情嚴肅的聽他說悄悄話。

「喔！那個傢伙一定會從那裡溜走。這就是魔法的謎底。」

骯髒的少年離開小林的耳邊，繼續說著。

「嗯！太棒了！不愧是口袋小鬼。看得真仔細。那麼，大家就到那裡去吧！」

聽小林這麼一說，就知道少年的身份了。他就是青少年機動隊的口

袋小鬼。因為身材矮小，甚至可以裝入口袋裡，因此，有口袋小鬼的綽號。他可是青少年機動隊裡的名偵探喔！

「嗯！那裡有五個人在等待。全都是勇士的人喔！」

「好，去看看吧！在哪裡？」

「就在住宅後方。快去吧！」

說完之後，兩人手牽著手跑向黑暗中。

繞過住宅的圍牆跑到後方，那是一塊廣大的原野。

口袋小鬼站在黑暗中看著原野。

「啊！在那裡。他們全都聚集在那裡。」

說著，和小林一起走了過去。

走近一看，草叢中有五名青少年機動隊的少年，他們全都縮著身體趴在那裡。

為什麼青少年機動隊會到這裡來呢？原來這是小林的安排。小林乘坐汽車前往杉本家之前，先繞道連絡青少年機動隊的一名隊員，告訴對方杉本家的位置，要他們今晚在十點之前到圍牆四周監視。

青少年機動隊的隊員們，個個都是聰明、勇敢的少年。在重要的場合裡，經常能夠完成連大人都無法辦到的事情。

小林少年推想夜光怪人可能會越過圍牆逃走，因此，事先分派青少年機動隊的幾名隊員在圍牆外等待。

小林的推測果然正確。青少年們在黑暗的原野中，真的發現很奇怪的事情。

「你看！就是那個，一直連接到圍牆內的樹木頂端。」

口袋小鬼指著黑暗的天空，輕聲說著。

抬頭一看，兩條堅固的細麻繩（用麻做成的堅固細繩）斜掛在空中。從杉本家最高的樹頂，一直連接到原野正中央，也就是青少年們躲藏的草叢中。

小林進入草叢中檢查，發現一根粗大的棒子插在土中，棒子上綁著細麻繩的一端。

「喔！夜光人爬上樹頂之後，就沿著這條細麻繩滑下來。原來他根本就不是消失到空中去了。上一次他消失在寺廟墳墓的樹上，應該也是同樣的把戲。」

口袋小鬼輕聲說著。小鬼並沒有親眼看到發生在墳墓的事情，不過已經聽同伴說過了。

「嗯！可能是吧！你們發現這裡真是太棒了。夜光人那個傢伙正在圍牆內躲避刑警們的追趕，接下來他一定會爬到樹頂，再抓著細麻繩滑下來。口袋小鬼，你知道為什麼會有兩條細麻繩嗎？」

小林少年輕聲問道。口袋小鬼立刻說道：

「我知道啊！將一條長的細麻繩做成圈，鉤到樹頂的樹枝上。那個傢伙滑到這裡來之後，只要解開綁在棒子上的細麻繩，接著拉扯細麻繩的一端，就可以將全部的麻繩都收回這裡來，這麼一來，就不會留下任何證據啦！這個想法真的不錯！」

小鬼得意的說著。

小林立即和口袋小鬼等人，一起躲入草叢中，靜靜的等待夜光人滑下來。

「等到夜光人滑下來之後，大家一齊撲上前去抓住他，知道了嗎？雖然我們是小孩，但是我們有七人。即使對方拚命的抵抗，也敵不過我們人多勢眾。

但要注意，那個傢伙可能會掏出手槍哦！不過，夜光人為了解開麻繩，必須使用雙手，我們就利用這個時機撲過去。為了阻止他掏出手槍或是短刀等武器，一定要抓住他的雙手。知道了嗎？」

小林輕聲的吩咐眾人。趴在草叢中的青少年們聽到之後，異口同聲的回答：「嗯！知道了。」

怪人的絕招

逮捕行動馬上就要展開了。只不過是五分鐘的等待時間，但是，青少年們卻覺得好像過了一小時之久。

這時，終於有動靜了。青少年們聽到細麻繩被繃緊，在草叢上彈跳的聲音。

已經不能再出聲了。青少年們緊握著手，相互鼓勵。靜靜的趴在草叢中，屏氣凝神的看著細麻繩上方。

被拉緊的細麻繩不斷的發出聲音搖晃著。啊！滑下來了。一個全身漆黑的傢伙抓著兩條細麻繩，好像馬戲團的特技表演似的滑了下來。

青少年們坐起身子，準備隨時撲向前去。

聽到咚的一聲，黑衣人跌坐在地，但立刻敏捷的跳了起來，打算解開細麻繩。

怪物穿著黑色的緊身衣褲，臉上蒙著一塊黑布，肩上又披著黑色斗篷，就好像是一隻巨大的蝙蝠。

怪物蹲在插在地面上的棒子旁，準備解開細麻繩。他的手看起來也是黑的，可能是戴了黑手套吧！

怪物將全身都用黑布緊密的遮起來，毫無些許空隙，以免讓人看到他那發出銀光的身體。

之前在檜木頂端時，夜光人逐漸消失的謎底，就是因為他穿上黑色緊身衣褲並且披上黑色斗篷，慢慢的遮住發光的身體，因此，眾人才會看到那種景象。

此時，小林輕拍身旁的青少年，這是眾人事先講好，準備一起撲向怪物的信號。

青少年們早已蓄勢待發，收到小林的信號之後，和小林一起從四周

撲向怪物。

「哇！」

怪物嚇了一跳，驚叫了起來。

在黑暗的草叢中，展開了一場激烈的扭打。怪物的右手邊有四名青少年，左手邊有三名青少年，緊緊的抓住他。怪物拼命的掙扎，想要甩開這一群人。

但是，無論如何用力的掙扎，卻始終被青少年們緊緊的包圍。

怪物終於精疲力竭了，他無力再抵抗了。

這時，小林少年從七種道具中取出哨子，吹出嗶、嗶……的響聲，通知屋子裡的刑警們過來支援。

「大家不要鬆手！合力把這個傢伙拉到門邊交給刑警。」

「嗯，沒問題！我們絕對不會鬆手的！」

青少年們異口同聲的回答，用力抓緊怪物的雙手。

抓著怪物的青少年們開始朝住宅的大門方向走去。雖說都是孩子，但是七個人的力量也是不容忽視的喔！全身漆黑的怪人，兩手被緊緊的抓著，乖乖的跟著少年們移動腳步。

咦！怪人之前偷走的推古佛像藏在什麼地方呢？他的手並沒有捧佛像。如果小林當下立即搜索怪人的身體，也許可以從口袋裡取出佛像。十五公分高的小佛像可以輕易的藏在身上。

最令小林感到遺憾的是，他一心只想將怪人交給刑警，所以並沒有想到拿回佛像的事情。

七名少年合力抓著怪物的雙手，迅速拉著他離開原野，繞到住宅旁的小巷子來。

就在這時，發生了令人意想不到的事情。夜光人使出最後的絕招了。到底是什麼奇怪的魔術呢？

「哇！」

黑暗中傳來可怕的叫聲。七名青少年哇的一聲，全都跌倒在地。

這到底是怎麼回事？難道假裝精疲力竭而被捕的怪物，事實上還保留力氣伺機掙脫嗎？

不，並非如此。青少年們依然緊緊抓著怪物的雙手。

那麼，為什麼青少年們會應聲倒地呢？難道是怪物先倒下來，藉力把青少年們拉倒在地嗎？

也不是如此。怪物早就已經不在跌倒的人群中了。不知何時，已經趁機逃入漆黑的原野中了。

如果知道怪物逃走而立刻追趕，那麼，或許還能夠抓住犯人。但是青少年們並沒有立即發現到這一點。因為當青少年們跌坐在地時，依然從兩側緊緊的抓著怪人的左右手。

這到底是怎麼回事呢？原來是怪人的雙手突然鬆脫了。青少年們因為反作用力而全都倒在地上。

但是，怪物總不可能砍斷自己的雙手而逃走啊！

小林覺得很奇怪，開始檢查握著的怪人的手。

沒錯，手臂上覆蓋著黑色的衣服，手上戴著黑手套。沒想到拿掉手套一看，裡面竟然露出塑膠製的假手。

哦！原來在原野黑暗中扭打時，可惡的怪物已經事先準備好假手，藏在披風裡讓青少年們抓著。青少年們抓住假手臂用力拉扯時，怪人突然鬆開假手，讓青少年們跌倒。

青少年們察覺到這一點時已經來不及了。怪人一溜煙的消失在黑暗中。現在已經追趕不上了。

深夜的訪客

明智偵探的事務所裡，只剩下少女助手小植單獨留守。

明智先生出外旅行，少年助手小林則到世田谷區的杉本家去了。

小林是在晚上七點半時出門，現在已經十一點多了。也許今晚會留宿在杉本家。

小植擔心小林的安危而無法入睡。為了等待小林隨時回來，因此她坐在客廳的長椅上看書。

突然聽到叩叩的敲門聲。

「誰呀？」

出聲詢問卻沒有聽到回答。雖然是半夜，但是，以往也經常有人因為急事而漏夜前往偵探事務所。也許就是這類的客人吧！

小植心裡這麼想而站了起來，掏出鑰匙打開了門。因為單獨在家，為了安全起見而把門上鎖。

打開門一看，一位穿著黑色西裝，頭戴黑色鴨舌帽，臉色蒼白的怪男子站在門口。

「你是哪位？」

小植懷疑的問他。男子說道：

「我是這裡的助手小林拜託我來的。他說有急事要通知妳。」

說著，也沒有詢問主人的意思，就擅自進入屋內。

小植沒辦法，只好讓男子坐在椅子上，而自己則坐回原先的長椅。

「小林現在人在哪裡？」

「他在世田谷區，那個名叫杉本的有錢人家的庭院中。」

男子以嘲笑的語氣回答著。

這名男子長得非常奇怪，臉部看起來不像是活人，好像戴著假面具似的。不過，面具的眼睛和嘴巴應該不會動啊！每當這名男子說話時，不僅臉部會動，而且還會眨眼睛，不過看起來就像是戴了面具一樣，一點都不像是人的臉。他坐在椅子上，但是並沒有摘下黑色鴨舌帽。真是個不懂禮貌的傢伙。

深夜時看到這麼怪異的人，小植雖然害怕，但還是強裝鎮靜，語氣平靜的問道：

「你說小林在杉本家的庭院中。他為什麼會在庭院中呢？」

男子笑著說道：

「因為夜光人逃走了啊！不過小林的確是個聰明的少年。他識破夜光人偷走杉本先生的寶物之後所採取的逃跑方式，因此，事先帶領青少年機動隊的少年們，繞到杉本家圍牆外的原野上等待。

共有七名孩子在那裡等待。最後夜光人被七名孩子緊緊抓住雙臂，動彈不得。」

「啊！小林真是太棒了！竟然想到要帶青少年機動隊前往。」

「是呀！青少年機動隊的孩子們面對大人也毫不畏懼喔。就像貓一樣，在黑暗的地方也能看清楚一切。力量很強大呢！」

「既然夜光人被少年們逮捕，為什麼又會逃走呢？」

「嗚呵呵呵……，因為有絕招啊！夜光人隨時都準備好絕招！妳知道是什麼絕招嗎?哈哈哈……，夜光人有四隻手嘛！」

「什麼！四隻手?」

「兩隻是假手。你看，就是這兩隻手。」

男子突然將雙手伸出來。男子進入屋內之後依然戴著手套。灰色的長手套遮住了手腕。

怪男子並沒有摘下帽子，而且繼續戴著手套。臉上好像帶著一張柔軟的面具。這名男子會遮住全身，一定有什麼原因。

男子原本微笑著說話。突然間，語氣變得粗魯的說道：

「被抓住的兩隻手是假的。夜光人是個小心謹慎的人。為了避免被抓住，因此，事先在披風下掛了兩隻假手。青少年機動隊的孩子們抓住的就是假手。

雖然假手是用塑膠做成的，但是，和真的手臂具有同樣的彈性，而

且手臂外面罩著衣袖並戴上手套，在黑暗中很難發現那是假的。哇哈哈哈……。

青少年們四人在右、三人在左，緊緊的抓著假手。夜光人假裝束手就擒，乖乖的被青少年們拖著移動身體。當他們越拉越用力時，假手突然啪的一聲鬆開了。

頓時，青少年們好像棋子般，突然全部倒下了。

不過，他們並沒有發現自己抓住的是假手，依然緊緊抓著兩隻假手倒在地上。於是夜光人趁機立刻逃到黑暗中。哈哈哈哈……怎麼樣，小植，妳覺得夜光人這一招是不是很棒啊？」

這時男子突然露出可怕的表情，放聲大笑。好像戴上面具的臉，突然形成大的皺紋，五官看起來都扭曲了。

小植嚇得臉色蒼白，顫抖的從長椅上站了起來。

「你是誰？你到底是誰？」

驚叫著詢問對方。

塑膠假面具

「我嗎？你想知道我是誰嗎？」

男子突然壓低聲音，好像戴面具的臉突然靠了過來。

小植嚇得驚慌失措。勉強鎮靜下來之後，連回答的力氣都沒有了。

「嗚呵呵呵……，妳仔細看我的臉。這不是我真正的臉。我戴了面具喔！妳從來沒有看過這麼柔軟的面具吧？

在兩、三年前，國內從法國進口了這種柔軟的面具。原本都是一些有如小丑般滑稽的臉龐，我模仿之後，製造出更高級的面具來。

這個面具是用塑膠做成的，因此，能夠緊緊的黏在臉上。當臉部活動時，面具也會跟著移動。

挖空眼睛和嘴巴的部位，說話時嘴巴可以隨意的活動。眼睛從洞中露出來，可以任意的眨眼，看起來就好像是真的臉一樣。

小植，妳知道我為什麼要戴這個面具嗎？

當然是想要遮住我的臉。妳知不知道這張面具的下方，到底是怎樣的一張臉嗎？」

男子充滿感情的仔細說明。小植一想到面具下的那張臉，就嚇得全身僵硬，無法動彈。

「哇哈哈哈……，妳仔細看哦！只要這樣一撕，就可以把面具拿下來了！」

男子說著，站了起來，摘下黑色的鴨舌帽，露出一頭濃密的黃色頭髮。接著將雙手手指擺在額頭處，開始撕下柔軟的面具。

面具扯下來之後，露出一張令人感覺非常噁心的黃色臉孔。

「太亮了，妳看不清楚，把燈關掉吧！」

夜光人

男子說著，走向牆邊，啪地按下開關後，燈光立刻熄滅，整個房間變成一片漆黑。

黑暗中，只見一顆圓圓的東西飄浮在空中。好像是一張散發銀色光芒的臉。

兩顆大眼睛閃耀著鮮紅色的光芒，張開的大嘴，好像燃燒著火焰。

……啊！是夜光人！夜光人的頭在空中飄浮。

黑暗中傳來妖怪般咯咯咯的笑聲。

「小植，妳知道我為什麼要到這裡來嗎？我不打算傷害妳。明智不在，所以要請妳幫我傳話。我就是為了這個目的而來的。

今天晚上，我不但偷走了杉本家的寶物。也修理了小林和青少年機動隊。

下一次是後天晚上，我將要拿走麻布山下町赤森家的寶物。赤森家有五尊中國古代白玉佛像，可以放在手掌上把玩。東西雖小，卻是名滿天下的重寶！我早就想要這些東西了。後天晚上我一定會去拿。

記得通知赤森家的人喔！後天明智可能就會回來，記得幫我轉告他。而且要好好的保護白玉佛像喔！也請妳告訴明智，就算他是名偵探，也無法抵擋夜光人的魔法。知道了嗎？」

啊！夜光人又開始預告犯罪了。竟然故意來到明智小五郎的偵探事務所挑釁。真是目中無人，太膽大妄為了。

夜光人到底是誰？不斷的現身偷盜世間罕見的寶物。怪物竟然想要擁有美術品，這不是很奇怪嗎？

著名的美術品有一定的名氣，怪人如果偷來轉賣他人，立刻就會暴露身份，因此，他的目的一定不在於此。

夜光人既然不要錢，我們也只能推測他是喜愛美術品了。既不像妖怪又不像盜賊，企圖真的非常奇怪。

密室裡的怪人

發出銀色光芒的夜光頭，在漆黑的房間裡飄盪。正在進行可怕的預告時，小植悄悄的倒退到門口。

當怪人得意的結束談話時，小植啪的一聲，打開門衝到走廊上。她趕緊關上門，迅速的掏出口袋裡的鑰匙，從外面把門鎖上。

不愧是偵探的助手。面對怪物竟然還能毫不畏懼的向他挑戰。怪物就這樣的被小植鎖在客廳裡。

客廳除了入口的門之外，還有通往明智書房的另一道門。不過，那道門在小林少年出去時已經鎖上了。

因此，唯一能離開客廳的出口，就只有面對寬廣道路的兩扇大窗子而已。但是，事務所位於很高的鋼筋水泥建築的二樓，勉強從窗戶跳出去一定會受傷。

就算跳了出去，也會被路人發現。夜光人應該是真的被小植關在密室裡了。

小植立刻喚醒鄰居，說明夜光人的行蹤。許多人聚集在二樓的門外，緊密的看守事務所所有的出入口。即使夜光人破門而逃，但門外有這麼多人看守著，想必他也無法輕易逃脫。

小植拜託大家負責看守，而自己趕緊借用鄰居家的電話，通知在世田谷區杉本家的小林少年，接著打電話通知警政署。只要撥一一〇緊急電話連絡，那麼，在附近巡邏的警員很快就會趕過來支援。慢則五、六分鐘，快則二、三分鐘之內應該就會到達。

所有的人都聚集在二樓明智房間前的走廊上。眾人既害怕又興奮，直盯著緊閉的門。

三分鐘後，大門外響起嗚—嗚—（當時警用巡邏車的警笛聲）的警

笛聲。

「啊！巡邏車來了。」

大家終於鬆了一口氣。

小植快步跑下樓梯，到達公寓的玄關時，一部警政署的汽車停在大門外，兩名警察走了出來。

巡邏車裡通常有兩名警察，一人負責駕駛。聽到有關夜光人的重大事件，兩名警察一起下了車。小植自我介紹後，帶領兩人來到二樓。

警察來到門前，以小植提供的鑰匙悄悄的打開門，從門縫裡往黑暗的房間裡窺伺。

「好像什麼也沒有嘛？妳說的那個會飄的頭在哪裡啊？」

小植探頭往裡面一看，只看到一片漆黑，並沒有發現夜光頭。

「咦！到底是怎麼回事？可能是躲起來了。打開燈看看，……」

小植將手伸入門縫，打開牆壁上的開關。

啪，房間裡頓時變得一片明亮。警察仔細的搜索桌子與長椅底下，找遍整個客廳，卻沒有看到任何人影。

通往書房的門依然緊閉著，不像是逃往那裡。

「真是奇怪！進去看一看。」

警察說著，打開門進入其他的房間搜尋。

眾人仔細的搜索任何可能躲藏的角落，藉著小植的鑰匙，打開所有的房門，仔細的搜查書房以及其他房間。咦！真是奇怪，怪人竟然消失得無影無蹤。

警察再度回到客廳，站在面對道路的窗戶旁邊，看著開著的窗戶問道：

「當妳在房裡的時候，窗戶是開著的嗎？」

「不，是關著的。而且還拉下窗簾。咦！難道……」

「不！不太可能從這裡跳下去。也沒有看到爬上窗檯的足跡。況且

外面的街上還有人通過呢！」

一名警察從窗戶探出上半身，看著建築物的牆壁說著。

看來夜光怪人真的會使用魔法，在完全密封的房間裡，竟然像煙霧般的消失了。

這時，突然從門外傳來說話聲。

警察和小植回頭一看，看到公寓管理員陪同另外一名男子，正從走廊上的人群中擠了進來。

陌生的男子頭戴貝雷帽（無簷圓軟帽），身穿黑絲絨寬鬆的衣服，看起來好像是畫家裝扮的男子。

「這個人看到了。他看到夜光人從窗戶跳出去，然後爬向天空。」

管理員喘著氣向警察報告。聽他這麼說時，兩名警察瞪大眼睛，緊盯著這位戴著貝雷帽的男子。

幽靈怪人

頭戴貝雷帽的男子名叫榎本，是住在附近的西畫畫家。事情發生時，他正好通過門外的大街，突然看到一團如火球般的東西從明智偵探事務所的窗子跳了出來，接著爬上屋頂。

即使深夜時分，大街上還是有少數人通行，只不過很少有人會抬頭往上看，而這位畫家卻碰巧看到了。

最初他以為那是一團火球一下子跳上天空，沒想到發光的火球竟然眨著紅色大眼，大嘴一直裂到耳際，好像會噴火似的。

畫家榎本曾經在報紙上看過夜光人的消息，他猜想這顆發光的頭應該就是夜光人，因此趕緊過來通知警察。

警察立刻跑出門外，抬頭看著屋頂，不過已經看不到發光的頭了。

夜光怪人就像幽靈一樣，自由自在的到處飄盪。但是他畢竟是人，如果沒有任何機關，他是不可能爬到空中的啊！

一定是有同夥躲在屋頂上做為接應，同夥從屋頂垂下堅固的細繩幫助他逃脫。

只露出發光的頭的怪人，抓著繩子爬出窗外時，躲在屋頂上的同夥拉起了繩子。屋頂上的兩人早已不知去向。

暗中埋伏

兩天後，就是夜光怪人預告要去麻布赤森家的日子。

赤森先生接到小植的通知後立刻報警。白天時，五名刑警來到赤森家負責監視。

除此之外，赤森先生也拜託小植：

「明智先生旅行回來後，請他立刻來這裡。」

在此之前，由小林少年負責看守寶物。

接近傍晚時分，赤森家的玄關前出現一位穿著黑色西裝、身材高大的紳士。原來是旅行回來的名偵探明智小五郎。

傭人通報之後，主人赤森先生嚇了一跳，趕緊來到玄關前迎接訪客進入客廳，送上茶並且端出點心招待。

赤森先生是一位退休的貿易商。這位有錢人平日喜歡收集美術品。年約六十來歲，身材矮胖，為人非常氣派。

「聽說夜光人今天晚上要到這裡來。我旅行回來得知這個消息後就立刻趕了過來。小林已經來到這裡了吧！他在哪裡？」

聽到明智的詢問，赤森先生說道：

「他正在美術室裡看守寶物。明智先生是否也要到那裡去呢？」

「嗯！好啊！我來代替小林好了。」

說著，兩人一起進入裡面的美術室。

廣大美術室的牆上掛滿著各式的西畫，玻璃櫥櫃裡擺滿著各式美麗的雕刻、西洋花瓶與壺等。

兩人走進去時，坐在中央桌子旁邊的小林少年站起來叫道：

「啊！老師！」

「接下來由我看守。你回事務所去吧！我會隨時以電話和你連絡，你不可以離開事務所喔！」

小林聽到老師的吩咐，感覺有點奇怪，但是，也不得不遵從命令。他深深的一鞠躬之後，走出了房間。

「赤森先生，那個白玉雕刻在哪裡？」

「就是那個！在那個玻璃櫥櫃上層。那是我所有的美術品中最具價值的一件。夜光怪人竟然想要這個東西，的確很有眼光。那個傢伙似乎對於各種珍貴的美術品都瞭若指掌。」

明智偵探走到玻璃櫃旁，看著五件白玉寶物。

「的確非常棒！我從來沒有見過這麼精美的雕刻。」

明智似乎很感動的說著。

接著，兩人圍坐在桌前聊了一會兒。

「今晚由我躲在這個房間裡。你暫時回到自己的房間去好了。我一個人就夠了。剛才我和監視庭院的刑警們商量過了，等那個傢伙進來之後就一舉逮捕他。我已經想好計策了！」

聽到明智胸有成竹的談話，赤森先生感到非常安心。

「那就拜託你了！有堪稱國內第一的名偵探為我看守寶物，我真的非常放心。那麼，我就回到自己的房間裡去，有事情的話請隨時按鈴叫我。」

「請把美術室的鑰匙交給我。我要從裡面上鎖，這樣就沒有任何人能夠進來了。」

赤森先生走到房間角落的櫥櫃抽屜前，拿出鑰匙，交給了明智偵探，隨即走出了房間。

獨自留下的明智偵探，將門上了鎖，來到面對庭院的窗邊，探頭看著外面。

一名刑警正好經過，明智出聲叫喚，刑警走到窗邊，兩人不知道談了些什麼。明智偵探似乎與警政署的中村警官的這位屬下很熟。

刑警點了點頭之後離開，明智關上窗子，並扣上窗鉤。環視房間一周，發現牆角的木頭櫃和牆壁間有個縫隙，因此，側起身體躲了進去。

接下來的一個多小時，都沒有發生任何事情。

房間裡靜悄悄的，看起來好像空無一人。美術室的門窗全都由內側緊緊關著。

無論夜光人從哪裡進來，都可以立刻知道，到時候明智偵探就可以從躲藏的地方跳出來抓住竊賊。庭院和走廊上藏匿著五名刑警，一旦聽到美術室裡傳出吵鬧聲，就會馬上過來幫忙。

不久，眼看著窗外逐漸昏暗下來了。天色昏暗之後，庭院內一片漆黑。房間裡由於沒有開燈，也是一片黑暗。

黑暗中的明智偵探，忍耐著煙癮，不動聲色的在角落裡埋伏。

負責看守庭院的三名刑警分散開來，各自躲在樹叢中，嚴密注意四周的情況。

突然間，有一個發光的物體從一片漆黑的庭院樹林中飄了過來，原來是夜光怪人的頭。紅色的大眼睛閃耀著光芒，裂到耳朵的嘴巴，看起來好像在冒火。

發現這種情況時，刑警們並沒有立刻現身，大家依照計劃等待怪物溜進美術室。明智偵探吩咐過，在他抓住怪物而送出信號之前，絕對不可以打草驚蛇。

只有頭的夜光人，繼續在空中飄盪著，逐漸接近美術室的窗邊。

躲在樹叢後的三名刑警一直盯看著他。發光頭來到窗邊時，突然消失不見了。

好像幽靈一樣，夜光人可能已經穿過玻璃進入房間內了。

三名刑警豎耳傾聽，注意房間裡是否傳來夜光人和明智偵探扭打的聲音。

名偵探的危難

在美術室前的走廊上，另兩名刑警躲在陰暗處，屏息伺機行動。

忽然聽到美術室中傳來人的聲音，接著，又聽到好像扭打在一起的劇烈聲響。

夜光人終於來了。明智偵探可能正打算抓住他。

兩名刑警趕緊跑到美術室前想要打開門，但是門已經從內部上鎖，根本無法從外面打開。

刑警們不斷的敲門，大聲叫喚明智偵探。

「先生！那個傢伙來了嗎？請把門打開！」

但是，裡面沒有任何回答。可能明智和怪人扭打在一起，因此無法出聲吧！

「明智先生！裏面到底是怎麼回事？對方很難應付嗎？你不能來開門嗎？」

但是，屋內還是沒有人說話，只聽見可怕的聲響以及呼、呼……急促的喘氣聲。

「明智先生可能遭遇危險了，還是用身體把門撞開吧！」

「等一等！使用備用鑰匙應該比較快。我趕緊去找主人過來。你等我一下！」

一名刑警叫著跑向裡面。不久之後帶著主人赤森過來。

赤森先生立刻用備用鑰匙打開房門。
兩名刑警衝了進去，但是裡面一片漆黑，根本弄不清楚狀況。
「赤森先生，開關在哪裡？請開燈。」
聽到刑警的叫聲時，赤森先生進入美術室，用手摸索著按下電燈的開關，整個房間頓時燈火通明。
「啊！明智先生……」
三個人跑向倒在角落的明智偵探身邊。明智先生倒在地上，看起來好像昏倒了。
「明智先生！你振作點！」
眾人扶起明智並且搖晃他，明智始終閉眼沒有回答。
但是，對手到哪裡去了呢？
房間裡除了明智之外，並沒有看到任何人。
突然之間，玻璃窗上傳來敲擊聲。朝聲音的方向看去，原本守在庭

院的三名刑警正站在玻璃窗外。當美術室的電燈打開之後，他們立刻跑了過來。

房裡的刑警趕緊鬆開窗鉤並且打開窗子，三名刑警躍窗而入。

大家圍在明智偵探的身旁，不斷的搖晃、大叫他的名字。最後偵探終於醒了過來。他張開眼睛看看四周。

「抓到那個傢伙了嗎……」

明智露出痛苦的表情，用虛弱的聲音詢問。

「那個傢伙？你是說夜光怪人嗎？」

明智點了點頭，好像在說「當然囉」。

「我們進來的時候並沒有其他人在這裡。……他是從哪裡逃走的呢？門窗都上了鎖……」

看守庭院的刑警突然驚訝的說道：

「還有更奇怪的事呢！我們原本都看到夜光怪人的頭，沒想到來到窗邊時卻突然消失了。他怎麼可能從緊閉的窗子進入房間呢？真是奇怪？難道那個傢伙是幽靈，能夠穿過玻璃進來？」

「明智先生，你真的抓到他了嗎？」

「嗯！真的抓到了。但是他的力量強大，扭打時我被撞倒在地，後來他在我的頭上用力一擊，然後我就昏倒了。」

「喔！那個傢伙不是只露出發光的頭嗎？」

「不！他全身穿著漆黑的衣物，並且用黑布蒙面。在黑暗中看起來好像影子般的傢伙，咻的一聲飄了進來。

你說發光的頭來到窗邊時忽然消失，一定是他用黑布將整個頭蒙起來。不過，到底是如何從緊閉的窗子爬進來，老實說我也不知道。」

突然，房間裡傳來赤森先生驚訝的叫聲。

「啊！白玉雕刻不見了！五個都不見了！」

大家不約而同，全都聚集在玻璃櫥櫃前。

仔細查看，原本的陳列架上已經空無一物。夜光怪人真的依照約定前來偷走赤森先生的寶物。

「赤森先生，真對不起。我的計策錯誤了，我不應該把門鎖上。如果能夠隨時開門，刑警們就能夠立刻過來幫忙，抓住那個傢伙。這是我明智小五郎一生的大失敗。但我絕不認輸，我一定會找回白玉雕刻。請你給我十天的期限，我一定要雪恥。」

明智偵探按著頭上的傷口，很抱歉的說著。

不久之後，明智偵探拖著疲憊的身子離開赤森家。他並沒有搭乘汽車，而是走在黑暗的巷道裡。接著發生奇怪的事情。

就在明智通過的路旁的電線桿下，有一名男子趴在那兒，他悄悄的站起身來跟蹤偵探。

當時四周一片黑暗，所以看不清楚。看起來好像是穿著破爛衣服的矮小少年。

這位跟蹤者似乎早已習慣類似的行動，巧妙的跟在明智的身後。

奇怪的住家

這名少年到底是誰？

他為什麼要跟蹤明智偵探呢？

偵探似乎沒有發現被人跟蹤。他加快腳步通過暗巷，來到大街上時，一部汽車正在一旁等待，明智坐上了車子。

跟蹤的少年等到明智偵探上車後，立刻舉起手來打信號，對面立即有另外一部汽車開了過來，正好停在少年的面前。這位看起來髒兮兮的少年，怎麼會有專用汽車呢？真是奇怪。

少年乘坐的汽車，跟在明智偵探搭乘的汽車後面。

兩部車子像箭一般飛快的在街道上奔馳。時間是晚上八點，路上還

有許多通行的車輛，因此，即使跟蹤也不會被發現。

不久，明智的車子來到渋谷區之後，緩緩進入一條寂靜的巷道。為了避免被對方發現，必須拉開兩車的距離才行。因此，少年指示駕駛巧妙的持續跟蹤。

明智偵探的車子終於停在一棟大住宅前。這棟位於靜巷裡的住宅，前有石門，是一棟兩層樓建築的洋房。明智下車之後走進洋房裡。

跟蹤的少年讓車子停在比較遠的地方，而自己一個人溜入石門內。

這棟水泥洋房到底是誰的家？門牌上寫著「伊達五郎」。但是，從來沒有聽過這個名字。明智偵探沒有返回事務所，他為什麼會到這個住宅來呢？

「真是奇怪！怎麼可能有老師知道，而我卻不知道的住家呢？」

少年自言自語的說著。

少年稱明智偵探為「老師」，難道他是少年偵探團的機動隊隊員？

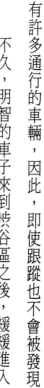

他之前說的話真的很奇怪。

根據判斷，他應該是和明智偵探關係密切的人。

啊！這位少年應該是小林少年喬裝改扮的。他用煤灰將臉塗黑，那雙看起來又大又聰明的眼睛，的確是小林少年的眼睛。

沒錯，這位少年的確是小林。先前在赤森家時，明智偵探對他說「你先回去吧」。他雖然遵從命令走了出來，但這是他第一次聽到老師這麼吩咐，因此覺得很奇怪。

他打電話回事務所詢問留守的小植，得知明智偵探曾經打電報回來，告知今晚八點三十分將抵達東京車站。

事情越來越奇怪了。原本八點三十分才會到達的明智偵探，怎麼可能這麼早就出現在赤森家呢？

小林懷疑出現在赤森家的明智偵探可能是假冒的。雖然臉形和聲音都一模一樣，但是，世界上有許多變裝名人。自己過去也曾經遇到過好

幾次假明智。

小林搭乘計程車回到事務所，趕緊變裝為一位骯髒的少年，然後叫了一部平常乘坐的車子，趕緊回到赤森家附近，請司機在街上等待行動，而自己則躲在赤森家門前的電線桿後面。

兩位明智小五郎

小林少年偷偷的溜入奇怪的洋房中，在建築物四周繞了一圈。

他發現後院的一樓房間的窗子透出燈光，因此，悄悄的從窗戶往裡頭窺伺，看到明智偵探單獨的站在房間裡。

房間非常華麗，對面的牆上掛著一面高約一公尺半的細長形大鏡子。

明智偵探站在大鏡子前，看著鏡子自言自語的說道：

「我的變裝技巧真的是太高明了，連小林都沒有識破。哈哈哈……，大盜假扮成名偵探負責看守寶物。小林和刑警都沒有發現這一點，哇哈哈哈……」

他對著鏡中的自己不斷的大笑著。

聽到他這麼說時，假扮成骯髒少年的小林，悄悄的離開窗邊，趕緊跑到門外尋找公用電話亭，跳入裡面打電話。

不知道小林打電話給誰，後來他又返回原先的洋房。有關於小林的事稍後再說。

接下來，我們看看在洋房裡的假明智偵探的事情。

小林打完電話後大約過了三十分鐘，假明智偵探坐在原來房間的扶手椅上抽著煙。他還沒有變換裝扮，依然維持明智偵探的樣子。也許他是想要利用這個裝扮再做其他的事情吧。

叩、叩、叩外面傳來了敲門聲。可能是假明智的手下。

「進來！」

假明智悠閒的回答。

門打開了，出現在門口的竟然是……

假明智「啊」的驚叫一聲，從椅子上站了起來。

哇！站在門外的竟然是明智偵探。房間裡有一位明智偵探，而門外也有一位明智偵探。兩人無論相貌和服裝，都完全一樣。兩個長相一模一樣的人互相對望著。

假明智懷疑自己的身影出現在鏡子裡。但大鏡子在門旁，他看看鏡子裡的身影，這麼說來有三個明智偵探囉？自己、站在門前還有鏡子裡的，共有三位明智。

「哈哈哈哈哈……，嚇了一跳吧！你的變裝技巧真是高明，連我都要懷疑站在那裡的是我自己呢！哈哈哈哈哈……」

真的明智偵探慢慢的走進房間。

「你、你怎麼會到這裡來……」

假明智結結巴巴的，嚇得連話都說不清楚。

「是小林啊！你把小林從赤森家支開，因為我以往不曾做過這種事情，因此小林感到很懷疑。

他的確是個聰明的少年，後來他就跟蹤你。

我今天晚上八點三十分到達東京車站後，立刻返回事務所。小林打電話回來說明你的藏身處。我為了見假明智偵探而來到這裡。哈哈哈哈哈……」

真的明智偵探說著，將右手伸進口袋裡。

假明智也把右手伸進口袋裡。

「哈哈哈哈……把手拿出來。如果你要拿手槍，我也有喔！」

「嗯，那麼就暫時不要拿這些武器吧！我們來聊一聊好了！」

假明智好像蠻不在乎似的，手從口袋裡移了出來。真明智也放下手槍，伸出手來笑著說道：

「夜光人的構想的確很好。故意用一張可怕的臉嚇唬眾人，然後偷盜物品。這種事情大概只有你才想得出來。」

「那麼，你知道我的祕密了嗎？」

假明智很不高興的問著。

「嗯，我當然知道啦！之前偷走杉本家推古佛的事件，還有這一次偷赤森家白玉的事情我都知道啊！

雖然我出外旅行，但是我會看報紙。我已經了解大致的情況。今天晚上我回來時，事務所的人也已經對我說明詳情，我都完全了解了。」

「哦！是嗎？不愧是名偵探。好，我就聽你說說看！不過不是在這個房間，我們到裡面的房間去，那是一個很舒適的房間喔！」

「到哪兒去都行。反正這棟建築物已經被大批警力包圍。小林已經通知警政署的中村警官過來支援。想要逃走也很難。要到哪裡去啊？請帶路吧！」

「嗯！安排得真不錯。好，那麼我也不想逃了。你跟我來吧！」

假明智說著，先行走出房間。在走廊上轉個彎往裡面走去，那是一個非常漂亮的房間。兩人走了進去。

這個房間沒有任何窗子，只有一扇門。假明智從裡面上了鎖，房間完全變成一間密室。

魔法種子

「來！說說看，你到底知道什麼祕密。」

假明智站在那裡說著。

「我知道你假扮成夜光人，你的手下也假扮成夜光人。穿上塗抹夜光塗料的塑膠衣褲。臉和手上也抹夜光塗料。眼部戴上紅色玻璃眼鏡，只要在眼鏡上點亮小燈泡，就會變成發亮的紅色。口中也裝上小燈泡，看起來就好像噴火似的。用細電線連接燈泡和裝在口袋裡的乾電池。這只是我的猜測，我想應該沒錯吧！」

「嗯！的確如此。那麼，夜光人又為什麼會升向空中呢？」

「爬上樹梢之後，抓著繩子往上升。利用晚上一片漆黑的時候行動，因此看不到繩子。到達樹頂之後，再利用黑色衣褲與黑色蒙面布遮住全身，這麼一來，就什麼都看不到啦！讓人感覺身影好像是從樹頂消失而飛向空中似的。」

「嗯！完全正確。那你倒說說看，我是怎麼偷走佛像和白玉的呢？」

「夜光人當然不可能進入緊閉的房間，因此，只能在窗外徘徊。偷東西的另有其人。

首先，在杉本家的書房偷走推古佛的，就是你本人。那個推古佛原本就是你的。」

「咦！是我的？」

「因為你和杉本是同一個人！」

「咦！你說什麼？」

「你是喬裝改扮的名人。你假扮成各種人，在各地都擁有住宅。這棟房子的門牌上寫著伊達五郎，你就是伊達五郎。同樣的，你也可以變成杉本，住在世田谷的家中啊！

你假裝被夜光人攻擊，自己偷走佛像，當時那個密室裡沒有其他人，只有你和小林兩個人。

夜光人只能在窗外徘徊，根本無法進入房間裡。因此，偷走寶物的是主人杉本，也就是你自己。你趁小林追趕窗外的夜光人時，偷偷的將小佛像藏入隱密的口袋裡，假裝是被夜光人偷走的。

你故意讓眾人誤以為夜光人就像幽靈一樣，能夠溜入緊閉的房間裡。這麼一來，就算有其他人偷走東西，大家也會認為是夜光人做的。今晚你假扮成我，獨自待在赤森家的美術室裡，並且刻意將門反鎖，使得刑警們進不去，以方便你自己演獨角戲。

你假裝夜光人已經進入房裡，和你扭打在一起而不斷的發出聲響和呻吟聲。

當大家擔心的衝入美術室的時候，你假裝被夜光人擊倒在地。事實上，你已經把五尊白玉放入口袋裡。故意倒在地上矇騙眾人。大家都以為白玉被偷走了。

你讓眾人以為名偵探遭遇了空前大挫敗，顏面盡失的倉皇離開赤森家。你太過分了，就算我和夜光人打鬥，我也不可能被人擊昏啊！」

「嗯，真厲害！全都說中了。好像全都被你看到了一般。還有一個祕密，你應該發現到了吧！」

假明智說著，一直瞪著對方。根本不知道哪一個才是真的明智偵探。兩個明智偵探互瞪了一分鐘。

「我當然知道囉！」

不久之後，真明智偵探笑著說道。他的右手往前一伸，指著假明智的臉。

「你就是四十面相，原本叫做二十面相。」

好像用力揮鞭似的，以尖銳的聲音說著。

「喔！如果我是四十面相，那麼，你打算怎麼樣呢？」

「把你交給警察啊！我剛才說過，這棟房子已經被警察包圍，你無處可逃了！」

「嗯！你是說我現在是甕中之鱉嗎？明智啊！我經常遇到這種情況。但每次我都準備了絕招喔！」

警察隊

「哈哈哈……，別再逞強了！仔細聽著，門外的走廊已經傳來腳步聲，警察隊已經過來了。可能不只五、六人喔！有好幾十名警察已經團團包圍這棟住宅。其中一隊正趕到這裡來了。」

明智正在說話時，門上傳來敲門聲。

「明智先生，你在這裡嗎？我是中村，犯人沒問題吧？」

門外傳來微微的聲音，原來是警政署的中村警官。警官帶領屬下來到門前了。

「沒問題。這個房間沒有窗子，出入口只有那扇門。你們在門外守著，我就要逮捕犯人了！」

明智大聲對門外叫著。

「哈哈哈……，真有趣，我成了甕中之鱉。哈哈哈……，四十面相真的中了圈套了嗎？明智啊，我剛才說過，我還有最後的絕招呢！現在就是我使出絕招的時候了。」

四十面相死到臨頭竟然還笑得出來。他到底在想什麼呢？

哇！突然發生奇怪的事情了。真假兩個明智偵探站著的房間，開始微微搖晃。

「咦，好像地震耶！」

明智偵探說著。四十面相笑了起來。

「嗯，是地震啊！哈哈哈哈……，真是痛快。我非常喜歡地震，這個地震可是我的救星呢！哈哈哈……」

難道他想要等到地震毀壞整棟住宅之後逃走嗎？但是，地震並不是非常強烈，只是持續輕微搖晃的程度。

明智偵探背對著門，謹慎的盯著房間裡的四十面相看，深怕一不留神就讓對方給逃走了。

門外的走廊上，中村警官以及十名穿著制服的警察，站在門口堵住出路。

房門已經反鎖，只能等待明智偵探從內部打開門。

門外的眾人直瞪著門，門就快開了吧！

明智到底在做什麼？為什麼還不開門呢？中村警官再也無法等待了，他敲著門說道：

「明智先生，快點把門打開。喂！明智啊，你怎麼了？」

豎耳傾聽，但是，都沒有聽到任何的回答。

「明智先生，你在哪裡？快回答啊！」

反覆叫喚，房間裡依然靜悄悄的，不見任何回應。

中村警官很擔心，繼續握緊拳頭，拼命的敲門，但是，仍然沒有聽到任何的回答。

「怎麼回事啊？真是奇怪。沒辦法，還是趕緊用身體把門撞開吧！」

中村警官下定決心後，做出了指示。

一名壯碩的警察走到門前說道：「我來吧！」說完之後，他使盡全力撞門。

咚、咚，聽到兩、三聲巨響後，門板破裂，內部的絞鏈被破壞，門上露出一個大縫隙。

中村警官從裂縫往房間裡一看。哇！到底是怎麼回事啊？五坪大的房間裡竟然空無一人。裡面根本沒有任何藏身處所啊！兩位明智偵探到底到哪裡去了？

「你們緊握手槍在這裡警戒，兩個人跟我進去。人怎麼可能像煙一樣消失了呢？一定是躲在某個地方。快找一找！」

中村警官說著，先行從門縫鑽進房間。

大祕密

就在同時。

房間裡的明智偵探和假扮成明智的四十面相，站在原地，兩人互相對望。四十面相站在房間內側，而明智偵探則背對著門一直瞪著他。

咦！真是奇怪。中村警官從門縫看房間裡的時候，不是空無一人嗎？而在同一時刻裡，明智偵探和四十面相的確都站在房間裡。

這到底是怎麼一回事啊？怎麼可能有這種事情呢？事實上，怪事情的確發生了。仔細一想，裡面隱藏著一個驚人的大祕密。

持續搖晃的地震，終於慢慢的停了下來。

感覺遠處好像傳來叫喚聲，也聽到撞擊和門板破裂的聲音，好像是從遠處傳來的。

明智偵探不知道這些聲音到底意味什麼。

假扮成明智的四十面相，不知道在想些什麼，他慢慢的靠近門邊，掏出鑰匙，插入鑰匙孔中。

「喂！你要做什麼。」

明智偵探嚇了一跳，出聲詢問。四十面相笑著說道：

「到房間外面去呀！因為你已經讓我看膩了！」

「咦！你說什麼？門外有大批的警察，從這裡出去，你立刻就會被逮捕的。」

「嗯！我也怕被抓住啊！但是很遺憾，那是不可能的，因為我已經施了魔法。再見啦！」

說完之後，突然打開門跳到外面，並且立刻關上門。他的動作非常迅速，明智偵探一不留神就被關在房間裡。

不過偵探並沒有很慌張，因為警察隊就在門口守候著，四十面相一定會立刻被逮捕。

明智想要看看逮捕的過程。伸手推門時，發現門似乎從外面被上鎖了。

明智心想「這下糟了」，同時覺得情況怪異。他拼命的敲門，並且對著外面叫道：

「中村先生，嫌犯跑出去了。他長得和我一模一樣，但是，他是假冒的。那個傢伙是怪人四十面相。你聽到了嗎……」

明智並沒有聽到外面的任何回答，四周靜悄悄的。事情真的是越來越奇怪了。走廊上有許多警察聚集，應該有吵鬧聲才對啊，但是現在竟然是一片死寂，這到底是怎麼回事啊？

中村警官帶領的一隊人馬破門而入之後，警官和兩名警察進入房間裡。

房間裡只有簡陋的桌椅，角落擺著裝飾櫃，並沒有任何藏身處所。

中村警官覺得很不可思議，茫然的看著房間。

突然，房間變成一片漆黑。

「啊！停電了。」

走廊上傳來警察的聲音。連走廊上的燈也熄滅了。四周一片漆黑。

這時，房間角落的天花板附近，出現一團白色發光的物體。

那是一個和人頭一樣大的圓形物體，而且有三個紅色部分，原來是兩顆眼睛和一張嘴巴。大而紅的眼睛一直瞪著這裡。鮮紅色的大嘴裂到耳邊，好像快要噴出火焰來似的。

「啊！夜光怪人。」

一名警察顫抖的叫著。

「嘿嘿嘿嘿嘿……」

聽到令人毛骨悚然的笑聲。夜光怪人笑了起來。

「別驚慌，手槍！」

黑暗中聽到中村警官的大叫聲。

兩名警察立刻射擊。黑暗中冒出紅色的火，傳來巨大的聲響。

飄浮在空中發亮的臉，搖搖晃晃的，一顆子彈的確已經射中夜光怪人，但是，怪人卻好像毫髮無傷似的。

「嘿嘿嘿嘿嘿……」

黑暗中持續傳來可怕的笑聲。瞪著紅色眼睛的臉朝這裡飛了過來。

警察再度以手槍射擊，但是對方還是平安無事，繼續在空中飄盪，並且發出可怕的笑聲。

怪物即使中彈也不會死，也許妖怪是不死之身吧！

「有沒有人帶手電筒？」

中村警官大叫著。

走廊上忽然出現亮光。三名警察打開手電筒，朝這裡走了過來。

當三支手電筒同時亮起時，夜光怪人突然飄向天花板。

咦？這裡什麼都沒有啊！

原本一直瞪著紅色眼睛到處飄盪的怪物的臉，瞬間消失了蹤影。到底到哪裡去了？

真是太不可思議了！就好像之前明智偵探和四十面相消失的情況

一樣。這次連夜光怪人的頭也不見了。

發出銀光的頭顱下方，應該是穿著黑色緊身衣的軀幹，但是卻連身體也消失了。那個沒有窗戶的房間，只有一扇門可以出入，門外有警察團團包圍，裡面的人應該無處可逃，但又為什麼會消失不見了呢？

一連串令人百思不解的事情陸續發生。這裡簡直就像是一棟鬼屋。

名偵探現身

這時，燈泡啪的一聲突然亮起，四周變成如白晝般的明亮。

藉著燈光再次檢查整個房間，但依然沒有發現可疑之處。

明智偵探、四十面相和夜光怪人三個人，的確是從這個沒有任何縫隙的房間裡消失了。

不久之後，門外的走廊上傳來了叫聲。

「啊！明智偵探。」

聽到這個聲音時，警察們一陣騷動。

中村警官等人立刻跑到走廊上，定睛一看……。

名偵探明智小五郎正從對面悠悠地走了過來。

警察們退到兩側，讓出一條通路，明智偵探微笑著穿過中間走了過來。

「啊！明智，你到底去哪裡了？你是怎麼離開那個房間的呢？」

中村警官走近明智的身旁，滿腹疑惑的問道。

「這真是個可怕的奇術。我想除了四十面相之外，大概沒有人能夠辦到。」

明智偵探很佩服的說著。

「咦！四十面相？」

中村警官驚訝的問他。

「你還不知道嗎?假扮成我、偷走白玉的那個傢伙，就是怪人四十面相。除了他之外，沒有人能夠那麼高明的喬裝改扮。」

「喔!又是四十面相幹的好事。畜生!你抓住那個傢伙了嗎?」

「不，真遺憾，讓他給逃走了。因為他有絕招。沒想到他竟然有這麼大手筆的絕招。」

「哇!逃走了?逃到哪裡去了?快去追他吧!」

「不，來不及了。我也有絕招，到時候你們就知道了。我先說明我們是怎麼從這個房間消失的。」

明智說著，走進房間，把門恢復原狀，指示警察們站在入口處。

「三分鐘之後，你們再把這扇門打開。在此之前，大家在走廊上等待。現在我就要揭開四十面相的大祕密了。」

眾人將被撞破的門復原之後，站在入口處等待。

毫不知情的中村警官等人，只好看著手錶計時。

三分鐘終於到了，再度打開門一看，結果如何呢？啊！房間裡真的變成空無一人。

「明智？你到哪裡去了？喂，明智先生……」

警官大聲叫著。突然從遠處傳來明智的聲音，說道：

「喂！中村先生，你再度把門關上。經過三分鐘之後再度打開。」

遠處傳來的聲音非常微弱。同樣的話反覆說了兩遍之後，終於聽懂內容了。

中村警官敲敲房間四周的牆壁，並沒有發現可疑之處。

明智偵探並沒有躲在牆壁裡。

警官來到走廊上並且關上門，再次看著手錶。

過了三分鐘之後，再打開門時——

「哈哈哈哈哈……。如何，知道謎底了嗎？」

房間裡的明智偵探笑著出現。

中村警官一臉的錯愕。

「這到底是怎麼回事啊？」

「只有四十面相才能辦到這種大奇術！祕密就是……」

升降梯

「與其多費唇舌說明，還不如再試一次。這次不要關上門，就能夠清楚的看到魔術的祕密了。」

明智微微笑著，走入密室。來到後方時，腳用力踩踏地板上的某個位置。原來那裡有一個按鈕。

結果房間開始慢慢下降。從打開的門的上方開始，沿著水泥牆慢慢的往下降。二樓的房間出現了。

原來整個房間就是一部大升降梯。

原本的房間已經到達地下室，現在二樓的房間變成一樓的房間，正好停在門的入口處。

明智偵探進入的房間已經降到地下，原本空無一人的二樓房間下降到一樓。

不久之後，房間再度升高到二樓。明智站立的房間慢慢的由下方往上出現了。

「原來如此，這個房間是一部升降梯。」

中村警官也很佩服似的說著。

「那麼，四十面相已經逃走了嗎？」

「嗯！我不知道這個房間竟然會降落到地下室。當四十面相奪門而出時，我並沒有阻止他。我認為你們都守在門外，逮捕他應該是萬無一失才對。

因為房間降落到地下室，因此門外空無一人。四十面相就這樣的消

失在地底的黑暗中。」

「但是，洋房四周佈滿了警力，他應該無法逃走啊？」

中村警官插嘴說道。

「警察們只守在這棟建築物的圍牆內，而地下室的出口可能在圍牆外的某個地方。」

「喔！你是說可能有地下道通到屋外嗎？」

「是呀！否則現在警察應該已經逮捕到犯人了啊！

沒關係，我還有絕招，那就是小林少年。小林帶領青少年機動隊的孩子們在洋房圍牆外的原野上監視。只要發現可疑的人，他們就會立刻跟蹤，找出對方的藏身之處。現在只能等小林的回報了。」

「喔！有了小林，應該就沒問題。因為他很擅長跟蹤……。但是我還有其他的疑問。之前我們破門而入時，在燈火熄滅之後，夜光人的頭出現在房間裡。

等到用手電筒照射時，原本飄來盪去的夜光頭，卻突然消失得無影無蹤。門外佈滿了警察，但是，並沒有發現夜光人從門口離開。除了這扇門之外，並沒有其他可以溜走的地方。明智先生，你能解開這個謎團嗎？」

聽到中村警官的敘述，明智偵探走進房間裡查看天花板。明智好像發現了什麼，他笑著對警官招招手。

「你看那裡！那裡有一個大約兩公分大的圓孔。夜光人就是從那裡跳出來，然後又從那裡鑽回去。」

「咦！這麼小的孔怎麼可能供人出入呢？」

中村警官驚訝的看著明智。

「不是真正的人由小孔出入。只要橡皮球就可以出入啊！自從『青銅魔人』（少年偵探第五集）的事件發生後，四十面相就開始擁有製作汽球的癖好，這次他一定也是使用這一招。他利用橡皮來做成夜光人的

頭。綁好之後，從天花板的洞穴伸向下方，接著吹氣使其膨脹，利用繩子不停的拉扯，結果就好像頭顱在空中飄盪似的。

頭顱上塗滿夜光塗料。眼睛和嘴巴部分裝上紅色燈泡。天花板上裝有乾電池，用電線連接到小燈泡上使其發光。

怪頭消失的祕密，就是放掉空氣。萎縮的橡皮球當然可以通過天花板的洞穴。四十面相一定是派遣手下躲在天花板上，玩弄夜光人的頭。

四十面相經常故弄玄虛，想一些奇怪的魔術譁眾取寵，這是他最喜歡做的事情。真是個糟糕的傢伙！」

明智說著，苦笑了起來！

白鬍鬚老人

換個話題吧！說到小林少年帶領四名青少年機動隊的隊員，靜靜的躺在洋房外的原野中守候。

他們在原野上發現地下道的入口。草叢中有一個洞穴，平常用大石塊蓋住。發現洞穴時，石塊已經被移到旁邊。石蓋為什麼是打開的呢？難道四十面相打算從這裡逃走？

小林拿手電筒往洞穴內照射，結果發現地底石階一直往下方延伸。這的確是一個地下密道的出口。

他關上手電筒，和四名流浪少年一起躺在洞穴旁的草叢中，靜靜的伺機行動。

這裡非常的荒涼，看不到商店的霓虹燈，也聽不到汽車的聲音。仰望天空，滿天的星辰像沙子一樣的密佈，真是一幅美麗的景象。

青少年機動隊等候了很長的時間，終於有了動靜。有人從洞穴中逃了出來！

逃出來的並不是假扮成明智偵探的四十面相，而是一位拄著拐杖、

步履蹣跚的老爺爺。

少年們在原野中等候多時，已經習慣了黑暗，藉著星星的亮光，可以約略看見出現在洞口的人。老人的頭髮斑白，長長的白鬍鬚到達胸前。他穿著西裝，拄著枴杖，彎腰駝背的走著。

「難道四十面相要裝扮成老爺爺逃走了嗎？」

小林想著，比了一個指示四名流浪少年跟蹤的手勢。

白鬍鬚老人在原野上搖搖晃晃的行進。雖然是彎腰駝背的老人，卻沒想到腳程非常迅速。

離開原野之後，出現工廠的水泥圍牆。這裡沒有街燈，是一條非常黑暗的巷子。

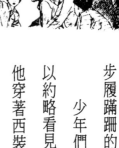

白鬍鬚老人，蹣跚的走在巷子裡，來到轉角時，突然轉身往後看了一下。

小林等人沿著水泥牆跟蹤，應該沒有敗露行跡才對。不過眾人還是覺得有點害怕，因此暫時佇足不前。

白鬍鬚老人一直看著這邊，嘴巴念念有詞，不知道在說些什麼。他終於發出了「嘿嘿嘿嘿……」的可怕笑聲，然後繼續前進。

看來少年們似乎被發現了。假扮成老人的四十面相，發現小林等人跟蹤在後，因此發出不懷好意的笑聲。

不過，即使行跡敗露，還是必須跟蹤。小林等人硬著頭皮，繼續跟蹤老人。

通過工廠的水泥牆之後，進入神社的森林。老人走進了森林，少年們也跟著進入。

繞過石頭牌坊再往前走，來到了神社前，那裡的石獅子就好像是真的猛獸一般，趴在石台上。

白鬍鬚老人通過石獅子前，走入神社後方的森林深處。少年們雖然覺得有些害怕，但是並不想逃走。

「嘿嘿嘿嘿嘿……」

老人回頭發出可怕的笑聲。少年們不禁停下了腳步。既然已經被對方發現，那就沒什麼好猶豫的了。

「嘿嘿嘿嘿……，在那裡的是小林嗎？還有青少年機動隊的孩子們。真佩服你們，竟然敢跟蹤我。原來你們已經發現地下道的入口。你們應該知道我的真實身份吧？如果還不知道，那麼，我就讓你們瞧一瞧！你們看！這就是我的真實身份。」

說完之後，老人咻的一聲，躲到了樹幹後方。突然間，原先的位置出現一個發出光芒的東西。

原來是夜光人的頭。

如磷火般圓形的臉、巨大紅色的眼睛、紅色的大嘴，沒錯，就是那個可怕的夜光頭。

飛往星星世界

夜光怪物閃耀著紅色眼睛，張開血盆大口，在一片漆黑的森林中四處飄晃，不停的發出可怕的笑聲。

「我騙了明智，也騙了警察隊。接著就要讓你們開開眼界。我原本以為警察隊會發現地下道的出口，打算讓那些警察看看神奇的魔法。

沒想到在那裡等待的，竟然不是警察隊而是你們。你們這些流浪少年可能不是我的對手。還是讓你們看看我的魔法，回去之後，記得要向明智偵探報告喔！」

夜光頭用奇妙而嘶啞聲音說道。

不久之後，夜光頭飄到樹叢中最高大的樹木前方。剎那間，從胸部開始，逐漸露出腹部、腰部、腿部，整個銀色身體慢慢的出現。

雖然早已知道對方穿著緊身衣遮掩身體，但是，當散發銀色光芒的身體陸續出現時，少年們還是打從心底的感到毛骨悚然。

如磷火般圓形的身軀突然出現在高大的樹下，叉開雙腿站立在那裡。

「喂，小林！你要仔細看我接下來要表演的特技喔！並且記得要告訴明智先生喔！

我立刻就要離開這裡，不久之後會再度出現在你們的面前，繼續蒐集美術品，因為這是我的興趣。在我的美術館未擺滿各種美術品之前，我不會停止我的興趣。記得告訴明智先生，我會持續和他鬥智！」

夜光怪人說著，突然跳到樹上。

就和平常一樣，樹頂應該有繩子垂掛下來，只要抓著繩子，就可以跳上去。少年們看到全身閃耀銀色光芒的男子，突然升高到一片漆黑的樹上，確實非常神奇。

怪人終於爬上了樹頂。平常他會在樹頂上耍把戲，利用黑色緊身衣褲和黑色蒙面布使全身消失，讓人覺得他好像升上天空去了，但是，今晚他的做法卻有點不同。

銀色的身體一直待在樹頂上，並沒有消失。不僅如此，還開始做出一些奇怪的事情。

普嚕嚕嚕、普嚕嚕嚕、普嚕嚕嚕……，樹頂傳來奇妙的聲音。

「啊，飛起來了！飛起來了……」

一名流浪少年大聲叫著。

哇！的確飛起來了。月光怪人銀色的身體，已經離開了樹頂，在星空下飛舞著。

眨著紅色眼睛，嘴巴好像會噴火的銀色夜光人，朝向好像撒滿沙子的燦爛星空飛了上去。

這就好像童話故事一樣，少年們彷彿置身於夢境中。

夜光怪人沒有翅膀，怎麼可能飛向空中呢？一定是有什麼機關。

在『宇宙怪人』（少年偵探第九集）的事件中，二十面相也曾經飛上天空。當時他是利用小型直升機的旋翼，將小型的發動機揹在背上，因此能夠在天空飛翔。這種機械是法國人發明的。當時二十面相購買機械自行製造飛行器，假扮成宇宙人。

這次，夜光怪人可能也把相同的機械藏在樹頂上，在黑暗中揹起機械飛向空中。

閃耀銀色光芒的身體，就這樣的飛向星星的世界。看到這種情景，少年們的確覺得非常奇妙。

怪人的身影慢慢的縮小。從看起來一公尺大的身影，逐漸縮小成五十、三十、十公分，最後整個融入星辰世界中。

小林少年和三名青少年機動隊的流浪隊員呆立在樹下，好像做夢般的抬頭仰望星空。夜光怪人銀色的身體變成和星星一樣的渺小，消失在星空中之後，少年們依然呆立在原地。

夜光人

過了許久，小林少年終於回過神來，叫喚著三名少年，催促他們回到四十面相的洋房去。

到了洋房，明智偵探和中村警官還在那裡等待小林。

「啊，小林！怎麼回事？你們沒有發現那個傢伙嗎？」

明智偵探立刻詢問。

「嗯！洋房後方的草原中有地下道的入口。那個傢伙假扮成白鬍鬚老人從那裡出來，我們立刻跟蹤。他逃往神社的森林中。最後那個傢伙竟然從樹頂飛向空中。就是採取和宇宙怪人一樣的飛翔方式。

怪人飛到空中之後，我們莫可奈何，只好回來了。」

「能發現到這一點，真是太棒了。辛苦你們了。那個傢伙可能想把我叫到森林中，在我的面前表演飛行絕技。真是個愛演戲的傢伙！」

水中的怪光

兩、三年前，有個法國人發明一種能夠揹在背上的飛機旋翼，藉此人們也可以像小鳥一樣的在空中飛翔。當時報紙曾經報導這項消息。四十面相在『宇宙怪人』的事件中，就是利用同樣的設計，將旋翼揹在背上而在空中飛翔。

這次應該也是使用同樣的旋翼。四十面相的夜光怪人把藏在樹頂的飛行器揹在身上，然後飛向星空。

怪人就這樣的逃走了。十天後的晚上，又發生了另一件怪事。

這次夜光怪人出現在港區上山先生這位有錢人的家中。

上山家有一位就讀小學六年級的少年，名叫上山一郎，他是家中的獨子。

一郎也是少年偵探團的團員，是一位勇敢的少年。

時間是晚上，一郎在二樓的房間裡看書，不經意的看著窗外的廣大庭院時，赫然發現有一個發光的東西在樹叢間移動。

「咦，真奇怪！難道有人拿著手電筒在庭院中走動？」

勇敢的一郎立刻走出房間，下了樓梯，跑進庭院中查看。

他進入之前出現光亮的樹林中，但是，此時四周一片漆黑，根本就沒有看到任何的光芒。

他在黑暗中佇立了一會兒，同時豎耳傾聽，但是，並沒有聽到任何可疑的聲音。

「咦！那是什麼？」

樹林旁有一個水池，池面突然發出光芒。

一郎走向池邊。

水中真的躲藏著會發光的東西嗎？

一郎來到池邊，蹲了下來，仔細看著水中。忽然，勇敢的一郎也嚇得臉色蒼白，身體不停的發抖。

原來池底有一個人形的發光體，正在晃動。那個傢伙，轉過頭來瞪著一郎。

啊，那張臉！

大約三公分大的紅色發光眼睛，以及紅色的血盆大口，可怕的臉從水中一直瞪著一郎。

「啊！夜光怪人！」

一郎不禁叫著，往房子方向拔腿就跑。立刻跑進父親的書房。

「糟了！夜光怪人出現在庭院的水池中。」

他氣喘吁吁的對父親說著。

聽到夜光怪人，爸爸也嚇了一跳。為了加以確認，因此帶了一名書生（寄住在他人家中幫忙做家事的讀書人）趕往庭院。

他們用手電筒照射整個水池，但是，並沒有看到會發光的人。

夜光怪人會發出光芒，如果是躲在水池中，應該會被發現才對呀！

爸爸和書生進入樹林中查看，也沒有發現任何可疑之處。

「一郎，你身為少年偵探團的團員，可能腦中一直想著夜光怪人的事情。我看你可能是在做夢吧！別再模仿當偵探了！」

爸爸責備一郎。

那真的是夢嗎？一郎並不這麼認為。在清澈見底的水池內，的確有一個發光的人在池底搖晃，一郎清楚的看到紅眼睛與嘴巴的怪人。

一郎一直想像那幅美妙的景象。到了晚上，還一直做著在水中飄盪的夜光怪人的夢。

即使是醒著時，只要閉上眼睛，眼底深處又會浮現那個怪人的身影。

第二天，是一個烏雲密佈的陰暗日子。

一郎放學後前往爸爸的書房，當時爸爸正站在桌前，面露驚恐的神情看著壁爐。爸爸的西式書房只有一扇小窗子，因此內部昏暗。

一郎也往壁爐看去。壁爐裡並沒有生火，但是，卻有發光的東西在那裡晃動。

發光的圓形物體，還露出三處紅色部位。

這個東西的形狀怪異，不知道該如何形容。

啊！是夜光怪人！

一郎終於發現那就是夜光怪人了。怪人的臉出現在壁爐裡，嘴巴在上、眼睛在下的倒掛在那兒，看起來好可怕。

爸爸和一郎發現那是夜光怪人之後，嚇得無法動彈，眼睛直瞪著壁爐裡的怪物。

怪物突然伸向壁爐的煙囪，頓時消失了蹤影。

父子倆好像解除了咒語似的，開始慢慢的活動身體。立刻走近壁爐旁抬頭往上看，只看到一片漆黑，並沒有看到發光的東西。

「一郎，原來你說的是事實。夜光怪人真的想到我們家來偷東西。」

爸爸看著一郎說道。

「爸爸，還是去拜託明智老師吧！」

一郎是少年偵探團的團員，當然覺得明智偵探是最值得信賴的人。

「嗯！立刻打電話給明智先生，請他來一趟。當然也要通知警察。先和明智先生商量再說。」

爸爸拿起桌上的電話，打到明智偵探事務所。

「明智先生在嗎？」

「他出去了。今天很晚才會回來。」

「是嗎？那麼您是哪位？」

「我是他的助手小林。」

「小林啊，我是上山。有事情要和你商量。既然明智先生不在，那麼你可以來一趟嗎？我曾經聽說許多有關於你的功績，我相信你。請你立刻來一趟好嗎？」

「到底發生了什麼事？」

「是夜光怪人！」

上山先生好像將嘴巴貼在聽筒上似的，小聲的說著。

「咦！夜光怪人？」

小林少年驚訝的回問。

「是啊！那個傢伙出現在我家。可能是想要偷我的美術品！」

「好！我立刻就去。請告訴我住址。」

上山先生詳細說明住址之後，接著吩咐道：

「聽說青少年機動隊的口袋小鬼非常機靈，能不能也帶那個小孩一起來？我也想借助他的力量，我想要見見那個孩子。」

「喔，口袋小鬼啊！我知道了，我會帶他過去。他也是我的得力助手喔！」

小林少年得意的回答。

古井底

一個小時後，上山和一郎、小林少年與口袋小鬼四個人，圍坐在上山先生書房的桌前。時間已經將近黃昏，書房的燈全都打開了。

他們關上所有的窗戶，並且由內部鎖上門，之前那名書生則拿著棍子站在壁爐前監視。這麼一來，夜光怪人就不可能從那裡進來了。

「我想讓你們看一看那個怪傢伙想要偷的東西。我把寶物鎖在金庫裡，現在我就去拿出來。你們在這裡等我一下。」

上山先生說著，站了起來，走到房間角落的小型金庫前，好像用身體擋住密碼鎖似的轉動鎖，打開金庫，取出一個用紫色小方綢巾（絲質小方巾）包著的東西，捧著回到桌前。

上山先生打開紫色小方綢巾，取出一個二十公分大的細長桐木盒。

「你們看！這就是我家的傳家寶。是從古代中國流傳過來的翡翠三層寶塔。」

上山先生說著，從桐木盒中取出寶物擺在桌上。閃耀墨綠色光芒的三層寶塔，其造型非常可愛，高約十五公分。

「這件寶物價值非凡，約值一千萬圓（相當於現在的一億日幣）。夜光怪人之前偷走了推古佛，接著又偷走白玉小佛像。我想這次他可能是想要偷走這個翡翠寶塔。這些全都是古老東方的貴重美術品。那個傢伙好像特別喜歡收集這類東西。」

上山先生說明之後，將翡翠寶塔收入桐木盒中，再用小方綢巾包起來，放回原先的金庫裡。

「除了我之外，沒有任何人知道金庫的密碼。就算是夜光怪人，也無法打開這個金庫。」

上山先生回到原先的座位，自信滿滿的說著。

這時——

突然聽到「啊」的叫聲。

小林少年叫著，從椅子上站了起來，看著對面的窗外。

大家都跟著他往窗外看去。

窗戶的玻璃外，一顆夜光頭正在那裡閃耀著光芒。

紅色大嘴巴在上、眼睛在下。好像是從二樓倒掛下來似的，只有臉露在窗外。

「趕緊開槍射擊。」

上山先生跑到桌前，從抽屜裡取出手槍，對準窗外的頭扣下扳機。

聽到砰、砰的大聲響，玻璃窗破裂，並且出現一個大洞。夜光頭立刻閃躲到上面，並沒有中彈。

房間裡的四個人呆立在原地。

就在這時，

「吱、吱、吱、吱……」

好像是奇怪的鳥叫聲。

「啊！在那裡！」

小林大聲叫著。

在一片漆黑的庭木中，一顆夜光頭飄盪其間。不僅頭部，下方還連接著身體。因為身體包裹在黑色的緊身衣裡，所以看不到。感覺好像只有一顆頭在空中飛舞。

發光的臉上，長有紅色的眼睛和好像會噴火的嘴巴。怪頭好像是在對眾人說：「我在這裡。」不停的在黑暗中飄盪。

「畜生！竟敢嘲笑我們。我一定要抓到你！大家趕緊抓住他！」

上山先生的手上緊握著手槍，迅速的打開窗戶，咻的跳入漆黑的庭院中。

小林、口袋小鬼、一郎和書生等人也陸續跳到窗外，赤著腳跟在上山的身後，在庭院中追趕著夜光頭。

夜光頭不斷的發出「吱、吱、吱、吱……」的怪笑聲，朝對面跑了過去。

上山先生緊追在後，三名少年和書生也拼命的追趕。

穿越樹叢，終於來到庭院的盡頭。假山（在庭院中堆起的小土堆，做成好像山的形狀）後方的草叢中，有一口古井。

夜光頭在古井上方徘徊了一會兒，突然消失了蹤影。

「啊！鑽進古井去了！他已經變成甕中之鱉了！」

上山先生大叫著，走近古井一探究竟。

在深邃的井底，可以看到一顆晃動的夜光頭。

小林少年和口袋小鬼趴在長滿青苔的井壁（水井四周的護欄），仔細的往裡面看。

上山先生趕緊脫下外衣，身上只剩下襯衫和長褲。說道：

「你們在這裡等著，我下去抓那個傢伙！這口井的內側有石崖（石牆），我可以踩著它走下去。」

上山先生說著，身影消失在古井中。

一郎沒想到爸爸竟然是這麼大膽的人，覺得和平常的爸爸完全判若兩人。

「喂！井底有另一個洞，那個傢伙從洞穴逃走了。大家趕快找繩子過來。利用繩子下來吧！」

井底傳來上山先生的聲音。

「不需要找繩子，少年偵探團團員們帶有繩梯。我們現在就下來！」

小林解下繞在腰際上的長絲繩，將一端的鐵鉤鉤在水井邊，將繩子垂入井中。繩梯每隔三十公分就穿有一顆圓形珠子，只要用腳趾鉤住繩珠，就可以爬下去。

「我和口袋小鬼下來就好了。一郎，這裡太危險了。你就在這裡等待！書生，你負責監視。」

說完之後，小林利用繩子走下水井，口袋小鬼也跟著進入井中。

當小林到達無水的井底時，上山先生已經鑽進另一個洞穴裡了。

「這裡好像有石頭砌成的隧道。這個洞穴不知道什麼時候出現的。那個傢伙逃到裡面去了。我過去抓他，我拿著手槍應該沒問題。你們跟著我來吧！」

「好，我和口袋小鬼兩人都帶了手電筒。大家就利用手電筒照明前進吧！」

小林說著，從口袋裡掏出偵探七大道具之一的筆型手電筒，交給了上山先生。

旁邊的洞穴只能容一個大人爬行通過。上山先生右手握著手槍、左手拿著手電筒迅速往前移動。小林和口袋小鬼跟在他的身後。

口袋小鬼也拿出筆型手電筒照明。四周非常明亮，可以看到洞穴內石頭堆砌的形狀。

穿過狹窄的隧道，進入一個廣大的洞窟。這裡的天花板很高，就算站起來手往上伸，也碰不到天花板。

「真是令人驚訝！想不到我們家竟然有這樣的地下通道。為什麼要做這樣的地下道呢？」

上山先生訝異的說著。

陷阱

夜光怪人到底逃到哪裡去了？洞窟中一片漆黑，似乎沒有人。三個人佇立在入口，豎耳傾聽是否有怪人的任何聲響。

「啊！在那裡！」

上山先生壓低聲音說著。

洞窟深處出現一個圓形、發亮的東西，也可以看到紅色的眼睛和嘴巴。沒錯，是夜光怪人的頭。

那個東西正在空中晃動，並且逐漸朝這裡接近。

「那個傢伙有身體，但是，被黑色的緊身衣罩住了。撲過去抓住他吧！」

上山先生和身後的小林少年與口袋小鬼三人，突然撲向夜光頭。不過三個人立刻摔倒在地。

「吱、吱、吱……怎麼樣？想要抓我嗎？好啊，來呀！」

洞窟裡傳來令人討厭的聲音。

小林和口袋小鬼被夜光怪人出其不意打倒時，腰部受到撞擊，無法立刻起身，只是倒在地上看著夜光頭。

發光的頭朝遠處飄浮而去，突然脫下黑色的緊身衣，露出銀色的肩膀，接著是胸部、腹部、腰部、大腿和腳，最後夜光怪人露出全身。

「嘿、嘿、嘿……。你們終於中了我的圈套。接下來會發生可怕的事情喔，你們等著瞧吧！」

怪人說完之後，銀色發光的身體不斷的在洞窟裡轉圈圈。紅色的眼睛瞪得大大的，嘴巴好像要吐出火焰似的。怪人在黑暗中不停的狂奔著。

三個人趕緊閃躲，拼命的逃往洞窟深處。突然，小林踩個空，腳下的地板消失了。

「啊！」

在大叫的同時跌入了深洞中。沒想到在洞窟的角落，竟然有一個一坪大的陷阱。深約三公尺，四面都是牆壁，根本無法爬上來。

只有小林少年和口袋小鬼兩人掉進陷阱裡。上山先生還在陷阱上方。

「上山先生！快來救我們啊！我們掉到陷阱裡了！」

小林大聲叫著，看到上山先生在洞穴上方。口袋小鬼拿著筆型手電筒，從洞穴裡往上照。

「你們被騙了！」

上山先生說出奇怪的話。

「咦！什麼？你再說一次。」

小林驚訝的回問。

「仔細看一看，是誰倒在你們的旁邊啊？」

上山先生再度說出奇怪的話。

「咦？在哪裡？」

小林和口袋小鬼用手電筒照射洞穴底部。

「啊！有人倒在那裡。」

跑過去一看，發現一位穿著西裝的男子倒在角落裡，嘴巴被東西摀住，手腳也被綑綁了起來。

「上山先生，這是誰呀？」

小林抬頭看著洞穴上方詢問。沒想到上山先生卻露出邪惡的笑容。

「哈哈哈……。拿掉他嘴巴上的東西問問看，不就知道了嗎！」

真是奇怪。好像有什麼怪事即將發生似的。小林趕緊拿掉男子嘴裡的東西，用手電筒照著他的臉。

結果「啊！」的大叫一聲，往後退了幾步。

小林好像做了可怕的惡夢似的。

倒在那裡的男子，竟然和上山先生長得一模一樣。有兩位上山先生，怎麼可能會有這種事情？

小林對著洞穴上方大叫道。

「上山先生，請讓我看看你。」

上方的上山先生——

「喔！想看我的臉嗎？好啊！仔細看清楚哦！」

說著，整個臉出現在洞穴上方。小林用手電筒照著他的臉。

「啊！真的是上山先生。真奇怪？倒在洞穴裡的這個人和上山先生長得一模一樣，好像雙胞胎一樣。」

「呵嘿嘿嘿嘿……，如果是雙胞胎就好了……。喂！小林，還有那個口袋小鬼，你們仔細聽著，上山並沒有雙胞胎……，嘿嘿嘿嘿……，一定有一個是假冒的。你們猜猜看誰是假冒的……，我先讓你們看一看證據。」

上山先生說完之後，吹起了口哨。

原來這個口哨是信號。忽然間，原本在洞窟裡不斷打轉的夜光怪人轉頭過來，逐漸接近上山先生。

夜光怪人來到身邊時，上山先生好像很懷念對方似的，把手搭在怪人的肩膀上，兩人並肩靠在一起。

一會兒，兩張臉同時從洞穴上方往洞穴裡看。

夜光人

小林少年和口袋小鬼在洞穴裡看到可怕的一幕。

啊！這是怎麼回事啊？上山先生和夜光怪人竟然並肩站在一起，同時在洞口觀望。洞口出現頭髮濃密、留著鬍子的上山先生的臉，以及那個長有紅眼睛和會噴火的嘴巴的夜光頭。

「啊！我知道了，那麼你是……」

小林突然大叫著。

「呵嘿嘿嘿……，躺在那裡的才是真正的上山。你說說看，我是誰呢？」

上山先生嘲諷的說著。

「你是四十面相。除了四十面相之外，沒有人能夠假扮得這麼像。此外，假扮成夜光怪人的是你的手下。」

小林斬釘截鐵的回答。

「嗯！不愧是小林。你猜得真準。我的確是四十面相。為了獲得上山家的翡翠三重寶塔，我只好和上山先生對調啦。就和上次偷推古佛的時候一樣，為了獲得寶物，我假扮成主人。這是我的拿手絕活嘛！哇嘿嘿嘿……」

假扮成上山先生的四十面相，得意的說著。

「哦！那麼你已經把翡翠寶塔……」

小林立刻察覺到這一點。

「嗯！是的。之前我假裝把寶物放回金庫裡，事實上，我已經把寶物偷偷的藏在內袋裡。我的衣服就像魔術師穿的衣服一樣，有許多大的暗袋。你仔細看清楚哦，嘿嘿嘿……就是這個。」

說著，出現在洞口的，就是之前在書房裡看到的那個十五公分高的翡翠寶塔。

土塊瀑布

啊！這到底是怎麼一回事？四十面相假裝要偷上山先生的寶物，事實上寶物早已到手了。他假裝為了保護寶物而把小林少年等人叫來。真正的上山先生卻早已被掉包了。

那麼，假扮成上山先生的四十面相，為什麼要把小林少年和口袋小鬼叫來呢？

當然，就是為了愚弄兩人，但也可能還存在其他更可怕的企圖。

這個地底洞窟也許是四十面相偷偷挖掘的，是為了要把經常妨礙他行動的小林少年和口袋小鬼囚禁在這裡。又或許他正在進行什麼可怕的報復行動也說不定。

有時候四十面相自己假扮成夜光怪人，但有時候則命令手下假扮。

今天四十面相必須假扮為上山先生，因此由手下扮演夜光怪人。

小林少年瞪著上方大叫著：

「喂！四十面相。偷走翡翠寶塔之後，你儘可以逃走，但是，你認為我們會妨礙你行動，因此，想把我們關在這個洞窟裡，是嗎？」

聽到小林這麼說，四十面相開心的笑了起來。

「哈哈哈……，不錯。我要把你們關在這裡。因為你們會設法奪回寶物。有本事你們就試試看啊！很難喔！

而且可能會發生可怕的事情囉！哇哈哈哈……」

瞬間，四十面相和夜光怪人的臉從洞口消失，四周一片寂靜。兩個人不知道跑到哪裡去了。

小林少年和口袋小鬼，趕緊解開上山先生手腳上的繩子，扶他站了起來。

「謝謝，謝謝你們。你們到底是誰呀？」

上山先生並沒有昏倒。他已經聽到之前的談話，不過，並不知道兩名少年是誰。

小林把四十面相假扮成上山先生，打電話到明智偵探事務所的經過，以及明智老師不在，改由小林和口袋小鬼趕來幫忙的事情詳細說了一遍。

「噢，原來如此！我知道了。那個傢伙假扮成我，從金庫裡偷走了翡翠寶塔，真是個可怕的傢伙。他可能已經逃走了。我們不能一直待在這裡，必須想辦法離開才行。」

上山先生說著，抬頭看著高高的洞口思索著。

之前一直沈默不語的口袋小鬼，這時突然說道：

「我有好辦法了！我們可以疊羅漢啊！首先小林團長踩在上山先生的肩膀上，然後由我爬到小林的肩膀上。這樣一來，我的手就能夠搆到洞口，只要搆得著，我就能夠先爬上去。

我到達洞穴外之後，把小林團長拉上來。接著小林和我一起用繩子把上山先生拉出洞穴。這樣大家就可以離開洞穴了。小林團長，我認為這是最好的方法。」

的確是個好主意，小林少年說道：

「好，就這麼辦吧！上山先生，我們就依照口袋小鬼的方法試試看吧！請你扶著這個牆壁站著，讓我踩在你的肩膀上。」

上山先生面對牆壁站在那裡，讓小林從他的背部爬到肩膀上。

突然間，不知道從哪裡傳來了咚咚咚……嘩啦、嘩啦……的可怕聲音。接著頭頂好像下雨了。

是泥土！竟然有泥土掉落下來。

陷阱洞窟上方突然出現崩落的土塊，正好撒在三人的頭上。

不知道是從哪裡掉落下來的。即使想要抬頭確認也無法辦到，因為只要抬起頭來，小泥塊就會掉入眼睛裡。

有些土塊如同拳頭一般大，也有更小的土塊，以及摻雜水的黏滑土塊。嘩啦、嘩啦……嘩啦、嘩啦……，好像瀑布般的泥漿不斷的滑落。

三個人趕緊趴在洞穴裡，身體緊緊的靠在一起。

上方仍然繼續落下土塊。

嘩啦、嘩啦……嘩啦、嘩啦……。除了土塊掉落的可怕聲響之外，還聽到可怕的笑聲。

「咯咯咯……嘿嘿嘿……」

是夜光怪人的聲音。聲音就在附近，可見得四十面相還在洞窟裡。他事先設計好讓土塊滑落的機關。打開機關後，則如雨水般的土塊就會陸續落下來。難道他想要將三人活埋在土堆裡嗎？怪人從黑暗中觀看著這一切，高興的笑了起來。

小林少年想到這一點之後，嚇了一跳。

「難道他想要把我們活埋？」

洞窟裡的積泥好像沼澤一樣的鬆軟，用腳一踩，就會陷下去。雖然落入洞窟的土塊不斷的往上堆積，但是，三人卻無法站在土堆上方，趁機逃出洞外，反而不斷的往下陷。積泥已經到達膝蓋了。

「上山先生，我們如果繼續待在這裡，可能真的會被活埋。再試試疊羅漢的方法吧！你趕緊面對牆壁站立……。口袋小鬼，趕緊爬上來！」

小林少年說完之後，想要攀住上山先生的背部往上爬，但是嘩啦、嘩啦……，如瀑布般的土塊再度打在三人的身上。上山先生全身沾滿泥漿，小林根本無法抓緊他而爬上去。

但這是性命攸關的時刻，他們還是拼命的嘗試。小林終於順利的抓住上山先生的肩膀，接著口袋小鬼努力的從兩人的身上往上爬，最後終於站在小林的肩膀上。

當雙手正打算攀住洞口時，突然上方又有大量的泥漿掉落下來，三個人應聲摔入洞穴中，全身都沾滿了泥土。雖然再三努力，卻都無法成

功，最後三人終於精疲力竭的放棄了。

洞窟裡的三位泥人站在深及腰部的泥漿中。土瀑布繼續不斷的滑落。嘩啦、嘩啦……嘩啦、嘩啦……。頭頂上依然不斷的傳來可怕的聲音。

沼澤的表面已經到達口袋小鬼的腹部。接著到達胸部，再從胸口到達喉嚨，洞穴裡的沼澤越積越深。

當淤泥幾乎到達口袋小鬼嘴巴的高度時，上山先生把小鬼扛了起來。

接著輪到小林。從胸部到喉嚨、到下巴。淤泥不斷的往上堆高。

最後上山先生左手舉著口袋小鬼，右手舉著小林少年，狼狽的站在滿是泥漿的洞穴中。

但是，泥土還是不斷的滑落，已經到達上山先生的喉嚨高度了。這下可糟了，三人沒救了嗎？

巨人與怪人

假扮成上山先生的四十面相，站在陷阱上方看著這一切，不斷的發出咯、咯、咯的笑聲。看到平日總是妨礙自己行動的小林少年和口袋小鬼受苦的樣子，他似乎很高興。

後來才知道，原來這個地底洞窟是以前的屋主挖掘的防空洞（空襲時避難用的地底洞穴）。是利用庭院中的古井挖掘的。

戰爭結束之後，大家都忘記防空洞的位置。上山先生根本不知道井底有一個防空洞。

發現這個老舊防空洞的，就是怪人四十面相。他打算利用這裡，將眾人一網打盡，因此，事先在防空洞裡設置了各種機關。

變身的四十面相很痛快的看著小林等人受苦。這時，一顆夜光頭接

近四十面相的身後，怪頭依然穿著黑色緊身衣褲，因此看不到身體。

「首領，快救他們吧！否則他們會死掉。」

夜光頭對四十面相耳語著。

「嗯，是啊！我也不想殺人。我從來就沒有殺過人。他們已經嘗夠苦頭了……，這樣就夠了。你去救他們吧！」

假扮成夜光怪人的四十面相的手下，隨即拿來了一條繩索，即時垂入陷阱中，陸續救出全身泥漿的口袋小鬼、小林少年和上山先生等人。

「哇哈哈哈哈……，小林、口袋小鬼，你們受夠了吧？這就是我的報復。不過你們還不能回去。只要把你們關在這裡，明智偵探就會過來救你們。我要等他過來。明智是我的仇人，不收拾他我絕不甘心。」

在黑暗的洞窟中，四十面相的聲音聽起來陰沈沈的。

忽然，不知道從哪裡又傳來奇怪的聲音。

「那個明智偵探可能已經到這裡來囉！」

「咦！什麼？你再說一次。明智偵探怎麼了？」

四十面相驚訝的回問。

「我是說他到這裡來了。」

飄浮在空中的夜光頭，其如火焰般的嘴巴一開一閉的。剛才說話的正是夜光頭。

四十面相發現時，剎那間蹣跚的倒退了好幾步。

「你、你不是我的手下嗎？你說什麼？」

「你的手下在那裡呢！」

在夜光頭的下方，一隻戴著黑手套的手打開手電筒，往洞窟角落照射。

「啊！」

另一名穿著黑色緊身衣的男子，倒在角落的地板上，手腳都被繩子綁住了。

「他的頭上罩著黑色蒙面布，因此，根本看不到夜光臉，他才是你的手下。他的嘴巴被我塞住東西，因此無法出聲求救。當你正在觀賞陷阱裡受苦的三個人時，我假扮成夜光人來到這裡。悄悄的綁住你的手下並且代替他喔。」

「哦！那麼你就是明智小五郎囉？」

「沒錯！」

「你怎麼會知道這裡的？」

「你不是用電話通知在古井外的上山一郎和書生嗎？小林曾經打電話告訴我這件事情。當他被上山先生請來時，謊稱我不在事務所裡。事實上，我已經準備好要假扮成夜光人，正在事務所裡等著呢！我在臉上塗抹螢光塗料，並且戴上了安裝燈泡的紅色玻璃眼鏡，口中也含著燈炮，因此可以假扮成夜光頭。為了抓住你，我已等候多時。」

四十面相突然打開右手拿著的手電筒。圓形的亮光照著夜光頭。

裝扮成夜光怪人的明智，也拿著手電筒朝四十面相的臉部照射。

兩人不發一語的瞪著對方。

明智偵探全身穿著黑色衣服，頭部假扮成銀色的夜光怪人。四十面相則假扮為脫掉外衣、只剩下襯衫和長褲的上山先生。巨人和怪人在地底的洞窟中，各以異樣的裝扮瞪著對方。

兩人動也不動的互瞪了兩分鐘。四十面相首先開口說話。

「那麼，你想要抓我嗎？」

「當然囉，你已經被捕了！」

「咦！被捕了？被誰捕了呢？」

「你看那邊！」

明智的手電筒動了一下，照向洞窟入口。

五名穿著制服的警察並排站在那裡。

「啊！」

四十面相驚叫了一聲，立刻往洞窟裡面奔逃。

「快追！大家快追！一定要抓住那個傢伙。」

黑暗中傳來明智偵探的聲音。

五名警察全都拿著手電筒，明亮的光線全部集中照著四十面相逃走的方向。

「哇哈哈哈哈……」

從洞窟的深處傳來四十面相的笑聲。他邊逃邊大聲的笑著。

為什麼四十面相要笑呢？他是否又準備了什麼可怕的招術？

鐵柵欄

在五支手電筒光線的集中追逐下，四十面相逃入對面如隧道般的洞口中。那是一個用石頭砌成，並且用木頭搭建的好像礦坑般的洞口。

四十面相邊哇哈哈的笑，邊跳入隧道中。也許這裡有除了古井之外的出入口。

總之，一定要趕緊抓住四十面相才行。

五名警察緊跟在四十面相的身後，紛紛進入隧道中。裡面的寬度可供兩人並排通行。

警察們進入隧道後，拼命的往前追逐。這時，跑在前方的四十面相的笑聲變得非常高亢恐怖，同時回頭朝後方張望。

突然間，警察們聽到從頭頂上傳來卡啦、卡啦的聲響，隧道頂瞬間掉落一道鐵柵欄，鏘的一聲，撞到地面，擋住前進的通路。

跑在前面的警察差一點被鐵柵欄壓到，還好即時閃躲才沒有受傷。

結果，五名警察和四十面相之間隔著一道堅固的鐵柵欄，無法繼續追趕四十面相了。

警察們合力抬起鐵柵欄，但是根本無法移動。

只穿著一件襯衫的假上山先生的四十面相，站在鐵柵欄的對面，悠然自得的摸著鼻頭，看著這一邊說道：

「哇哈哈哈……，怎麼樣啊？見識到我四十面相的絕招了吧！我隨時都有萬全的準備，絕對不會被你們抓到的！你們還是快點回到古井那邊去吧！如果再猶豫不決，可能又會發生更可怕的事情喔！」

警察們當然不可能就此打退堂鼓。他們想要找明智偵探商量，不過四周並沒有偵探的身影，也無法看清後面洞窟裡的情況。

「哇哈哈哈……」

四十面相越笑越亢奮。

這個笑聲就好像信號一樣，這時，頭頂上方又傳來卡啦、卡啦的聲音，另一扇鐵柵欄鏘的一聲又落了下來，正好落在警察的身後。

警察們嚇得趕緊往後狂奔，但是已經來不及了，他們被前後包夾，即使用力搖晃鐵柵欄，也無濟於事。

警察們就這樣的被關在兩扇鐵柵欄的中間，已經沒有退路了。隧道中竟然瞬間形成一座監牢，而警察被關在裡面，這不是很可笑嗎？

「哇哈哈哈……，剛才我不是叫你們趕緊回去嗎？你們就是不聽我的話，所以才會有這樣的下場。哇哈哈哈……。那麼，我現在就要從這裡的出口離開囉！……再見啦！」

四十面相說完，身影立刻消失在隧道深處。

網中

隧道的盡頭是狹窄的石階，爬上石階就可以到達地面。

階梯的盡頭有一個薄薄的石蓋，將石蓋往上推，就變成一個好像人孔蓋的洞穴，從那裡就可以爬出地面。

隧道的出口並不在上山家的庭院中，而是在外頭的原野上。原野上

有許多低矮的灌木，防空洞上的石蓋，就位於灌木叢中。

身穿襯衫的四十面相推開石蓋，跳入灌木叢中。夜晚四周一片漆黑，四十面相並沒有打開手電筒，以免發出亮光而洩漏了行蹤。

他將石蓋移回原位，正準備起身離去時，感覺好像有如蜘蛛網似的東西蓋在臉上。

四十面相用力的拉扯蜘蛛網，但是，始終無法扯斷。因為感覺奇怪而用手去觸摸時，這才發現原來不是蜘蛛網，而是用堅固的繩子編成的網子。

四十面相猛然站了起來，往前移動了兩、三步，結果立刻被網子絆倒在地。

正準備再度站起身時，沒想到網子卻從四面八方包圍了過來，緊緊的裹住手腳與全身。四十面相越是掙扎，網子就纏繞得越緊。他終於無計可施了。

「哇哈哈……，四十面相，你已經被網子給困住了。雖然你有你的絕招，但是，我還有更棒的絕招喔！現在你知道了吧！」

輪到其他人笑了。四十面相聽到說話聲時，確實嚇了一跳，緊盯著黑暗中瞧。

大約在距離五公尺遠的黑暗中，發出光亮，銀色夜光人的頭顱突然現身。看到紅色的大眼睛和大嘴巴了。

「啊！你是明智！」

四十面相懊惱的叫著。

「是啊！我讓警察追趕你，而我自己則搶先一步趕到這裡來。不只是你發現了這個老舊的防空洞，我也發現了。原理上，防空洞不可能只有一個出口。我派遣少年偵探團的青少年機動隊尋找。他們終於找到了這個出口。

你看，罩著你的網子從八個位置固定著，那正是八位青少年機動隊孩子們的功勞喔。」

明智偵探說著，打開了手電筒，陸續照射蓋在地面上的大網子的八個方向。

網子旁有一群十一、二歲到十四、五歲不等的少年，他們個個蓬頭垢面，穿著骯髒的衣服，緊緊的抓著網子。頑皮的孩子們眼睛瞪得大大的，咧開嘴笑著。青少年機動隊就好像在海岸撈起捕魚網似的，這次他們捕到的獵物，就是怪人四十面相。

「畜生！咱們走著瞧！」

四十面相面露可怕的表情，瞪著流浪少年們說道。他用力掙脫，想要弄破網子。但是網子非常的堅固，反而越纏越緊，根本無法脫身。

「哇哈哈哈……，就算是怪人，恐怕也氣數已盡。縱使你再度逃入防空洞裡，那裡也還有五名警察正在等著你呢！

這裡有八位青少年機動隊的流浪隊員，還有我以及上山先生、小林

、口袋小鬼和兩名書生。就算你力大無比，恐怕也無法逃走！」

假扮成夜光怪人的明智偵探說著，用手電筒照射另外一個方向。可以看到全身泥濘的上山先生、小林少年和口袋小鬼出現在那裡。

奇怪的事情發生了。剛才四十面相出現的洞穴的石蓋動了一下，突然被抬了起來，頭戴警察帽的警察們陸續出現在洞口。

五名警察終於找到操控鐵柵欄的按鈕，從鐵監獄裡脫困後，立刻追趕在四十面相的身後。

警察們出現後，立刻看到眼前的四十面相，全都撲了過來。網中的一群人開始展開格鬥。

四十面相以一敵五，當然寡不敵眾。同時，因為被網子緊緊的罩住，因此也無處可逃，最後終於被銬上手銬。

四十面相被捕之後，原本緊抓著網子的八名青少年機動隊隊員，一起發出「嘿唷、嘿唷」的聲音，合力收起網子。

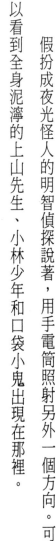

警察們也順利從網子裡脫困了。

被銬上手銬的四十面相站在正中央，五名警察圍繞在他的四周。怪人就這樣的被拖上停在上山先生家門前的警車。

全身泥漿的小林少年和口袋小鬼，目送他們離去。口袋小鬼非常高興，滿臉泥濘的大叫著：

「明智老師萬歲！小林團長萬歲！少年偵探團和青少年機動隊萬歲！」

八名青少年機動隊隊員也同時附和，齊聲高呼「萬歲！萬歲！」

解說

解開謎團的解放感

石井直人
（兒童文學評論家）

所謂「起雞皮疙瘩」，是指寒冷或面對恐懼時，皮膚突然收縮的狀態。就好像被拔掉羽毛的鳥，露出長滿疙瘩的皮膚。相信大家都有起雞皮疙瘩的經驗，那是一種令人很不舒服的經驗。聽到怪談或是可怕的故事時，許多人都會變成表情僵硬，全身產生陣陣的寒意，就好像被拔掉全身羽毛的鳥類的皮膚一樣。

江戶川亂步的確經常嚇唬我們。例如在『少年偵探團』的開頭，就是「一個全身好像塗滿墨汁的可怕、漆黑的傢伙」。這個身份不明的黑色怪物，在黑暗中發出咯、咯的笑聲，出現在寂靜住宅區的暗巷裡。那是某天晚上的事情。一名少年偵探團的團員桂正一正踏上歸途，獨自走在巷子裡時，遇到這可怕的一幕。

「兩側是長長的木板和水泥牆，有些部分是籬笆。街上的燈火昏暗。雖然夜還不是很深，但是卻沒有其他人走在路上，周圍非常荒涼。季節是春季，雖然天氣不是很冷，但獨自走在一片死寂的夜晚巷道上，總是讓人覺得背脊發涼。」

少年偵探中經常出現的舞台——防空洞

有一種不祥的預感。繞過轉角突然抬起頭來，真的被自己料中了。眼前出現黑影。與其說真正遇到鬼怪，還不如說覺得鬼怪就快要出現的感覺，更令人害怕。

提到可怕，小學時代我曾經看過艾德嘉・亞藍・波（江戶川亂步的筆名就是來

自這個作家的名字）的恐怖小說，當時就產生恐懼的感覺。不過，像『赤死病的假面』和『阿夏家的瓦解』這兩部作品，與其說產生恐怖感，還不如說是讓我產生厭惡感。別說只是起雞皮疙瘩了，到了第二天，甚至還因為驚嚇過度而發燒，臥病在床。但是，如果你問我還記得哪些小學時代讀過的書籍，那麼我會告訴你就是這兩本書。我對於這兩本書的內容實在印象深刻。

江戶川亂步的『少年偵探團』，給我的感覺有點不同。不僅可怕，也讓人覺得懷念。就像這部『夜光人』一樣，描述少年偵探團的團員們在森林中首次遭遇怪物時的情景。

「在如同黑絲絨般的黑暗中，閃耀銀色光芒的人不斷的升上天空，的確是非常美麗的景象。那是一種讓人覺得既害怕又美麗的光景。／少年們屏氣凝神的看著這一切。」

不僅感覺害怕時會起雞皮疙瘩，接觸文學、音樂或是對於旁人的一些小動作，只要你深受感動時，都可能會暫時停止呼吸，身體微微顫抖而起雞皮疙瘩。因此「既害怕又美麗的光景」，就是那種感覺。也是我從江戶川亂步的作品中才能獲得的感覺。

江戶川亂步的作品非常清爽。以「少年偵探」系列為例，雖然內容包含許多怪物和魔法等怪譚，讓人產生恐懼感，但是，絕對不會產生厭惡感或是覺得噁心。這應該是來自作者對於偵探小說的想法。江戶川亂步說：

「所謂偵探小說，主要是以邏輯而且是慢慢解開的方式來解答與犯罪有關的祕密。偵探小說應該是將重點擺在這方面的趣味性而創作的文學。」（『幻影城』）

所謂「邏輯的」以及「慢慢解開的」，就是指謎底最後終會真相大白。到底會變成什麼情況，看似謎底，事實上卻有其原因存在。只要知道原因，讀者就會覺得好像天空突然放晴似的，豁然開朗。這正是偵探

小說不可或缺的趣味性。

『夜光人』連載於『少年』雜誌一九五八年一月到十二月號。以小林少年為首的少年偵探團，和青少年機動隊合力識破夜光怪人的真實身份。他們的頭腦並不是充滿夜光，而是充滿理性的光輝。

少年偵探 1~26

江戶川亂步　著

1　怪盜二十面相

接獲失蹤的壯一即將歸國的好消息的同時，羽柴家也接到這封通知信。
擅長喬裝改扮的怪盜，到底會以什麼姿態來盜取寶石？
老人、青年，還是……。
「怪盜二十面相」與名偵探明智小五郎初次對決，現在就要開始了！

2　少年偵探團

整個東京都內，不斷傳出有關「黑色妖魔」的傳聞，而且陸續發生綁架少女事件，以及篠崎家的寶石，還有黑影似乎偷偷的靠近五歲的愛女小綠。難道由印度傳來的「受到詛咒的寶石」的傳說是真的嗎……。
繼『怪盜二十面相』之後，名偵探明智小五郎和少年助手小林芳雄所帶領的「少年偵探團」大活躍。

3　妖怪博士

跟蹤可疑的老人身後，來到一間奇妙的洋房。
少年偵探團團員之一的相川泰二，在那兒發現被五花大綁的美少女。
妖怪博士的魔爪伸向為了救出少女而偷偷溜進洋房的泰二。
此外，還有更可怕的事情，正等著追查整個事件的三名團員們……。

4　大金塊

秘密文件的另一半被盜走了！
那是說明宮瀨礦造爺爺留下的龐大遺產「大金塊」藏匿地點的秘文，為了取回被奪走的一半秘密文件，而進入竊賊地下指揮部的少年小林，他所看到的意外事實真相到底是什麼？
名偵探明智解開了謎樣的文章，趕赴島上，取回大金塊。

5　青銅魔人

在月光的照耀下，赫然出現一張嘴巴裂開如新月型的金屬臉，怪物體內發出齒輪轉動聲。
在半夜偷走鐘錶店裡的懷錶的竊賊，難道就是這個用青銅做成的機械人？
少年小林新組成「青少年機動隊」，為了名偵探明智小五郎，奮鬥不懈。
是否真的能夠掌握青銅魔人的真面目呢？

6 地底魔術王

在天野勇一所居住的城市裡，搬來了一個奇怪的叔叔。
他在少年們的面前，展現神乎其技的魔術，是一位魔法博士。
他說：「在我所住的洋房裡有『奇異國』。」
有一天，勇一和少年小林造訪洋房。但是就在博士展開魔術表演的舞台上，勇一消失在觀衆的面前。

7 透明怪人

一名紳士走進城鎮盡頭的磚瓦建築物中。
就在尾隨於其身後的兩名少年的眼前，
這個神秘男子脫掉大衣、襯衫，結果一裡面什麼也沒有。
肉眼看不到的透明怪人出現了，珠寶店和銀行大為震驚。
化裝成人體服裝模特兒的透明怪人出現在百貨公司，引起一陣騷動。

8 怪人四十面相

幾度從監獄中脫逃的怪盜二十面相，這次改名為「四十面相」，
宣佈要逃獄。
為了查明真相，來到拘留所的明智小五郎，與二十面相見面之後，
為什麼匆忙趕到世界劇場的後台去了呢……
劇場正上演著「透明怪人」事件的戲碼。

9 宇宙怪人

衆人啊的大叫一聲，屏住呼吸，因為在東京市的大都會銀座上空出現了五個 「在天空飛行的飛碟」。
彷彿來自遙遠星球的世界，擁有蝙蝠翅膀如大蜥蜴般的宇宙怪人降臨。
被在深山登陸的飛碟抓住的木村青年，訴說可怕的體驗，使得全日本，不，應該說是全世界都陷入大混亂中。

10 恐怖的鐵塔王國

「我有東西要給你看哦！」
小林少年被轉角處的老人叫住，看到偷窺箱裡竟然有從森林的圓形鐵塔爬下來的巨大獨角仙……。都市裡出現抓小孩的怪物獨角仙。
獨角仙大王所統治的恐怖鐵塔王國，到底在日本的哪個地方呢？

11 灰色巨人

從百貨公司的寶石展覽會中竊取珍珠的美術品，
然後抓住廣告汽球朝天空逃逸。但是逮到犯人之後，一看……。
綽號「灰色巨人」的怪人，這次盜走了「彩虹皇冠」。
尾隨怪盜而來的少年偵探團，來到一個馬戲團的大帳棚中。
奇妙的竊賊難道躲到裡面去了嗎？

12 海底魔術師

身上覆蓋著鐵製的鱗片，好像鱷魚一般的尾巴……
在黑暗的海底，有著好像黑色人魚的兩個綠色眼睛的怪物。
爬在地上的怪物想要奪走小鐵盒。
交到明智偵探手中的小鐵盒，
隱藏著載有金塊的沉船秘密！

13 黃金豹

屋頂出現了金色的影子，在月光的照射下，劃破了深夜的黑暗，
全身閃耀著黃金般光芒的豹出現在街上。
襲擊銀座的寶石商、吞掉寶石的豹，突然轉身逃走，像煙一般消失了。
夢幻怪獸到底是什麼東西？
夢幻豹

14 魔法博士

少年偵探團中有兩名好搭檔，他們是井上和阿呂。
看到「活動電影院」之後，
一直跟隨活動電影院的兩人，漸漸進入無人的森林中。
擋在面前的，竟然是可怕的黑影……。
等待著兩人的，是黃金怪人「魔法博士」意想不到的策略。

15 馬戲怪人

熱鬧的「豪華馬戲團」公演時，突然出現了可怕的慘叫聲。
觀衆全都回頭看。
在貴賓席黑暗的角落看到白色骷髏的影子！
攻擊馬戲團團長笠原先生一家人的骷髏男的模樣奇怪。
沒有人知道的大秘密，經由明智偵探及少年偵探團的推理而解開謎團。

16 魔人銅鑼

「噹……噹……噹……」空中傳來宛如教會鐘聲般的聲響，不禁抬頭一看。
結果，發現整個空中出現一張惡魔的臉。
巨大的惡魔正露出尖牙笑著。難道這是神奇事件的前兆……。
惡魔的神奇預言出現了。明智偵探的新少女助手小植即將遭遇危險。

17 魔法人偶

「我很喜歡留身哦！和我玩吧！」
和神奇的腹語術小男孩人偶相處得很好的留身，跟隨著小男孩和
白鬍子老爺爺到人偶屋去。
迎接他們的是美麗的姊姊，這位穿著長袖和服、名叫紅子的人偶，
看起來就好像活生生的真人一樣這是假扮成腹語術師的老爺爺的魔術。

18 奇面城的秘密

又是四十面相下的挑戰書。他這一次想要得到的是倫勃朗的油畫。
名偵探明智小五郎自信滿滿的等待對手的出現。
怪人四十面相將如何穿過層層的警衛溜進對手的家中呢？
到了預告日的夜晚，空無一人的美術室中傳出『啪一啪一』的聲響。
大石膏竟然會動，啊！裂開了！

19 夜光人

七名少年一起前往一片漆黑的森林。
今天晚上，少年偵探團將舉行「試膽會」。
走在最前方的井上來到森林深處時，突然發現了奇怪的東西。一一是鬼火嗎？不！一團白色、圓形的東西，卻有兩顆好像燃燒著火焰的紅色眼睛……。閃耀銀色光輝、好像妖怪般的頭，竟然張開大嘴攻擊團員們！

20 塔上的魔術師

在荒涼的原野上，有一棟古老、磚造的鐘屋。
聳立的鐘塔屋頂上有影子在移動……。
少女偵探小植和另外兩名少女一直看著這個奇怪的景象。
三位少女看到的，是一位披著黑色披風、蓬鬆的頭上長著兩隻角的蝙蝠人。

21 鐵人Q

老科學家終於完成偉大的發明。
他特別讓北見少年去看看這個具有聰明頭腦的機器人，一個和人類一模一樣的「鐵人Q」。
沒想到鐵人竟然突然不聽使喚，意外的逃出實驗室。
Q逃入巷道之後，開始展現奇怪的行動。被擄走的小女孩到底在哪裡？

22 假面恐怖王

有馬家的洋房傳出有戴著鐵假面具的男子偷偷潛入。
名偵探明智小五郎在接到通知後火速趕到，但卻遭人從背後攻擊。
當他醒來後，發現自己在一個沒有窗戶的奇怪小房間內…。
明智偵探真的被壞蛋抓走了嗎？
在想要脫逃的名偵探和「恐怖王」之間，一場鬥智即將展開。

23 電人M

在東京塔的塔頂上，纏繞著一個軟趴趴的禿頭妖怪，
好像戴著鐵環、沒有臉的機器人。
怪人「電人M」在全國各地留下謎團。
「到月世界旅行吧」到底意味什麼？
電人M竟然打電話給小林少年……！

夜光人 by Ranpo Edogawa——

First published in Japan in 1964 and revised in 1999 under the title "YAKOU NINGEN" by Poplar Publishing Co., Ltd.
Chinese translation rights arranged with Poplar Publishing Co., Ltd.
Through Keio Cultural Enterprise Co., Ltd. & Japan Foreign-Rights Centre

國家圖書館出版品預行編目資料

夜光人／江戶川亂步著；施聖茹譯
－－初版－臺北市，品冠文化，2003〔民92〕
面；21公分 —（少年偵探；19）
譯自：夜光人間
ISBN 957-468-187-4（精裝）

861.59　　91021860

版權仲介：京王文化事業有限公司

少年偵探19 **夜光人**　ISBN 957-468-187-4

著　者／江戶川亂步
譯　者／施聖茹
發行人／蔡孟甫
出版者／品冠文化出版社
社　址／台北市北投區（石牌）致遠一路2段12巷1號
電　話／(02) 28233123・28236031・28236033
傳　真／(02) 28272069
郵政劃撥／19346241
E－mail／dah_jaan @yahoo.com.tw
登記證／北市建一字第227242號
區域經銷／千淞圖書有限公司
地　址／台北縣泰山鄉楓江路86巷21號
電　話／(02)29007288
承印者／國順文具印刷行
裝　訂／源太裝訂實業有限公司
排版者／千兵企業有限公司
初版1刷／2003年（民92年）2月

~~定　價／300元~~
特　價／230元